Deseo

EL SOLTERO MÁS DESEADO

DONNA STERLING

D1714507

HARLEQUIN™

Editado por Harlequin Ibérica.
Una división de HarperCollins Ibérica, S.A.
Núñez de Balboa, 56
28001 Madrid

© 1999 Donna Fejes
© 2015 Harlequin Ibérica, una división de HarperCollins Ibérica, S.A.
El soltero más deseado, n.º 2062 - 16.9.15
Título original: Temperature's Rising
Publicada originalmente por Harlequin Enterprises, Ltd.
Este título fue publicado originalmente en español en 2006

I.S.B.N.: 978-84-687-6629-4
Depósito legal: M-19553-2015
Impresión en CPI (Barcelona)
Fecha impresion para Argentina: 14.3.16
Distribuidor exclusivo para España: LOGISTA
Distribuidor para México: CODIPLYRSA
Distribuidores para Argentina: Interior, DGP, S.A. Alvarado 2118.
Cap. Fed./Buenos Aires y Gran Buenos Aires, VACCARO HNOS.

Capítulo Uno

Ojalá aquello no fuera un mal presagio.

A medida que Callie Marshall sorteaba los charcos de agua turbia para no mancharse los caros zapatos de tacón, pensó en el Mercedes que su hermana le había insistido en llevar al pueblo para darles una imagen autoritaria y ejecutiva a esa gente que de otra manera la recibirían como a la joven rebelde e insolente que había sido doce años antes.

El Mercedes se había quedado un kilómetro y medio detrás de ella, engullido por la densa vegetación de Florida y con el parachoques hundido en el barro. ¿Cuándo se había convertido la carretera de Gulf Beach en una ciénaga? Había seguido la estrecha pista de tierra durante muchos kilómetros desde que abandonó la carretera asfaltada. Si la memoria no le engañaba, la playa y las casas deberían de estar muy cerca.

El sudor le empapaba los pechos y la blusa blanca de seda por el sofocante calor de Florida. Al menos había tenido la precaución de dejar las medias y la chaqueta en el coche. También había dejado el teléfono móvil. No había mucha cobertura.

Apretó los dientes y siguió avanzando entre las palmeras, robles y capas de musgo negro de aspecto fantasmal. El dulce olor del follaje tropical se mezclaba con el aire marino, y en la oscuridad que la envolvía podían oírse escalofriantes zumbidos y susurros. De

3

niña había aprendido que debía evitar aquellos bosques durante el verano. Mocassin Point no había recibido ese nombre por los zapatos indios, sino por la serpiente boca de algodón o *mocassin*.

Le pareció oír un ruido en un arbusto cercano y aceleró el paso. Justo cuando empezaba a preocuparse de haber calculado mal la distancia a la playa, un túnel de luz se abrió frente a ella. Un profundo alivio la invadió. Irguió los hombros y se lanzó hacia delante.

La oscuridad dejó paso al sol de la tarde. Callie levantó la cabeza para recibir la fresca brisa del golfo y salió a la playa de arena firme y tostada. Las gaviotas planeaban en el cielo azul celeste. Las olas rompían en la orilla, donde las veneras relucían como pequeños tesoros. La belleza natural y tranquila la llenó de una paz deliciosa, pero de repente le asaltó la nostalgia.

Ella pertenecía a aquel lugar. Por un instante esperó ver a un grupo de chiquillos descalzos corriendo hacia ella desde los muelles o desde las dunas, guiados por un chico fuerte, rubio y bronceado, con una reluciente sonrisa de malicia.

Jack. Había sido su amigo. Su cómplice. Su alocado compañero de aventuras.

Una punzada de dolor la traspasó, y se maldijo por ello. No iba a pensar ahora en Jack Forrester. Pronto tendría que verlo, y no deseaba tratar con él.

Se volvió hacia las casas lejanas, decidida a concentrarse en el trabajo y no en los recuerdos molestos, cuando un movimiento en los arbustos la detuvo. Dos ojos la observaban desde el suelo. Parecían demasiado grandes para una serpiente, así que solo podían ser de… un cocodrilo.

Muerta de miedo, dio un paso atrás. Los cocodrilos

eran muy escasos en el norte de Florida. Alguna vez los había visto cruzando la carretera o en los cultivos y estanques, pero nunca había estado tan cerca de uno.

La inmensa criatura avanzó reptando hacia ella. Una voz de alarma sonó en la cabeza de Callie. Los cocodrilos huían normalmente de los humanos. Si avanzaba solo podía significar una cosa. Que estaba hambriento. Con el miedo atenazándole la garganta, vio un trozo de tela naranja colgando de una de las patas delanteras. ¿Sería la ropa de una presa reciente?

El valor la abandonó por completo y echó a correr hacia la playa. Había oído demasiadas historias de muertes y mutilaciones.

Los altos tacones la hicieron tropezar en la arena, consciente de que el cocodrilo se movía junto a ella por la hierba. Con un sollozo ahogado, se quitó los zapatos y corrió hacia un cobertizo de madera de cedro. Al subir los escalones, resbaló y cayó contra la barandilla. Impulsada por el pánico, se apretó el costado herido y entró como una exhalación en una habitación húmeda y oscura. Cerró la puerta de golpe y se apoyó contra la hoja, rezando porque el cocodrilo no la traspasara.

Pasaron unos momentos frenéticos, hasta que los latidos y la respiración se le calmaron lo suficiente para poder pensar. Parecía estar a salvo. Pero, ¿qué podía hacer ahora?

Miró a su alrededor. El sol de la tarde apenas se filtraba por las sucias ventanas de la pared trasera. El olor de los moluscos secos, la salmuera y la gasolina impregnaba el aire. Un olor que le trajo vagos pero reconfortantes recuerdos de la infancia.

Parecía ser un gran almacén situado al fondo del cobertizo. Debía de ser el cobertizo para botes del vie-

5

jo Langley, a no ser que hubiera cambiado de dueño en los últimos doce años.

Tal vez pudiera pedir ayuda. Pero, ¿cómo? Mientras buscaba un modo de hacerlo, oyó un ruido… Un zumbido lejano que se fue haciendo cada vez más fuerte, hasta que Callie reconoció el ruido de un motor.

¡Una lancha!

Casi se echó a llorar de alivio. La ayuda ya estaba allí. A los pocos minutos, las paredes y el suelo vibraron con el rugido de un motor. La lancha había atracado en aquel mismo cobertizo. El motor se apagó con un petardeo y se oyeron unas pisadas en las tablas.

Entonces Callie se dio cuenta de que el recién llegado también estaba en peligro. De nuevo volvieron a asaltarla las espeluznantes imágenes de cocodrilos salvajes y hambrientos. Abrió la puerta para prevenir a quien se estuviera acercando. Pero antes de que pudiera formular una sola palabra, un cuerpo grande y robusto cargó contra ella y la empujó contra la pared interior del cobertizo, aprisionándola con dos brazos de hierro y un pecho musculoso.

Callie intentó recuperar el aliento. Un hombre alto y poderoso la miraba con ojos pardos y furiosos. Tenía el pelo rubio y una cicatriz en la mejilla. Parecía una especie de dios marino y vengativo que hubiera surgido de los mares para castigarla.

Pero no la castigó. Se limitó a sujetarla contra la pared, mirándola con la boca abierta.

Ella también se quedó boquiabierta, y no solo por el impacto. A pesar de la cicatriz, del ceño fruncido y de aquella brutalidad más propia de un cavernícola, lo reconoció al instante.

Jack Forrester.

La sorpresa la dejó sin respiración, aunque el recio antebrazo ya no le apretaba la garganta.

–¿Qué demonios está haciendo, señorita? –espetó él finalmente. Incluso a la tenue luz del cobertizo, sus cabellos relucían como oro bruñido y podía percibirse la virilidad que irradiaban las duras facciones de su rostro–. ¿No sabe que podría haberla matado?

–Suéltame –gesticuló ella con los labios.

Él bajó inmediatamente el brazo y se apartó, pero su imponente estatura la mantenía aprisionada contra la pared. Callie intentó llenarse los pulmones de aire, sintiéndose débil y aturdida. La había llamado «señorita». Era evidente que no la había reconocido, lo cual la complació e irritó al mismo tiempo. ¿Cómo podía haberla olvidado cuando ella lo habría reconocido aunque hubieran pasado cien años?

Decidió aprovecharse de la ventaja y se tragó la réplica sarcástica que tenía en la punta de la lengua. Lo mejor sería mantenerse distante y cortés desde el principio. Cualquier cosa menos familiar.

–Siento haberlo asustado –dijo, con un nudo en la garganta.

Callie se dio cuenta de que era mucho más atractivo de lo que era de joven, con aquella cicatriz surcándole la mejilla, la barba incipiente y sus intensos ojos ambarinos. Se preguntó cómo se habría hecho aquella cicatriz. Su cuerpo, siempre atlético y esbelto, había ganado en fibra y músculo. Unos vaqueros descoloridos moldeaban unas piernas largas y musculosas, y una camiseta verde oliva se ceñía a un pecho amplio y poderoso.

–Puede que le haya salvado la vida –explicó, intentando sofocar un resentimiento largamente contenido y que ahora amenazaba con salir a la superficie.

–¿Que me ha salvado la vida? –repitió él. Su voz sureña era mucho más profunda de lo que Callie recordaba, y le provocó un curioso temblor en las rodillas. No podía permitírselo. No podía permitirse ninguna debilidad.

–Eso es –corroboró ella–. Hay un… ¡La puerta! –gritó, llena de pánico–. ¡Cierre la puerta!

Jack Forrester frunció el ceño, pero cerró la puerta e intentó comprender lo que estaba diciendo esa mujer. Había estado todo el día pescando, preguntándose qué diversión podría encontrar para mantenerse ocupado aquella noche, cuando una figura femenina había chocado contra él.

Aquellos ojos verdes lo inquietaban de un modo muy personal. ¿Quién era esa mujer? Olía a florecillas silvestres y a sudor femenino, como si la hubiera sorprendido haciendo el amor. Su cuerpo era esbelto y suave, y aún podía sentir sus curvas presionadas contra el pecho y los muslos.

–Dios mío, la puerta se había quedado abierta –murmuró ella, cruzando las manos sobre su corazón. La voz le resultó vagamente familiar a Jack–. ¡Nos podría haber devorado!

De repente Jack se dio cuenta de que su rostro también le era familiar. Dudaba haberla visto antes. La habría recordado. Era imposible olvidar a una mujer así.

Se enganchó los pulgares en los bolsillos y la observó con atención. El pelo corto y negro le rodeaba alborotadamente el rostro. Una blusa blanca y mojada de manga corta, salpicada de granos de arena, se aferraba provocativamente a unos pechos pequeños y turgentes.

El cuerpo le respondió al instante. Aturdido por su propia reacción, se obligó a bajar la mirada hasta la falda gris que le rozaba las rodillas y siguió bajando por sus esbeltas pantorrillas y pies desnudos.

Llevaba ropa de ejecutiva. En la playa. En su cobertizo. ¿Y había dicho algo de ser «devorados»?

–Hay un cocodrilo ahí fuera –dijo ella–. Y está hambriento –añadió, sin apartar sus ojos grises de él mientras presionaba la espalda contra la puerta–. ¡Me ha perseguido por la playa!

Jack empezó a entender.

–Un cocodrilo. Dios mío, no me extraña que esté tan asustada. Lo siento. No debería haberle gritado, pero me llevé un buen susto. ¿Se encuentra bien?

Hizo ademán de alargar los brazos hacia ella, pero se detuvo a tiempo. Había estado a punto de abrazarla para tranquilizarla, pasándole las manos por los brazos y la espalda…

Siempre le había gustado el contacto físico, los abrazos y las palmaditas en la espalda. Pero quizá ella no apreciara ese tipo de contacto, especialmente después de haber sufrido su ataque. Además, le estaba costando mucho pensar con claridad sin distraerse.

–¿Se encuentra bien? –volvió a preguntarle.

–Sí, gracias –respondió ella con un brillo de gratitud en los ojos. Pero enseguida apartó la mirada, incómoda–. Yo, eh… temí que el cocodrilo pudiera ir detrás de usted, también. Solo quería avisarlo.

–En ese caso, le debo un agradecimiento y una disculpa –dijo él, extendiendo la mano–. Jack Forrester.

No se la estrechó, pero volvió a mirarlo lentamente.

–Sé quién es usted, doctor Forrester.

Él la miró sorprendido. ¿Se lo había imaginado o la palabra «doctor» había ido acompañada de un énfasis sarcástico?

–Entonces estoy en desventaja –dijo, retirando la mano.

Ella esbozó una media sonrisa. Tenía unos labios carnosos y bien contorneados, y una ola de calor recorrió a Jack. Había visto esos labios con anterioridad, curvados en aquella misma expresión sardónica, reprimiéndolo en silencio por alguna estupidez que había dicho o hecho.

Mientras intentaba recordar una imagen clara, vio cómo un rubor se extendía por el rostro de la mujer. Un rojo que oscureció su piel aterciopelada.

Y entonces la reconoció de golpe. Fue como si un caballo le hubiera propinado una coz en el estómago o en la cabeza, haciéndole ver las estrellas.

–Callie… –murmuró. La incredulidad lo dejó sin palabras.

Ella se limitó a arquear una ceja.

Jack respiró lenta y profundamente. Callie Marshall. Su compañera. Su mano derecha. Su mejor amiga. Él le había enseñado a destripar un pescado, a lanzar un balón de fútbol, a escupir, a silbar con dos dedos lo bastante fuerte como para que la oyeran al otro lado de Point…

Maldición. Callie Marshall.

La pequeña y raquítica marimacho que siempre había llevado el pelo más corto que él y el rostro más sucio que cualquier chico se había convertido en una… mujer.

Y qué mujer.

Ahora que sabía quién era, podía ver que sus ojos seguían siendo los mismos. Tal vez un poco más grandes, y quizá un poco más verdes. Pero, ¿cómo era posible que no los hubiera reconocido?

Y su boca. Había sido la boca más descarada de Point, siempre soltando los improperios más irreverentes que un niño podía gritar.

En sus años de adolescencia, Jack había empezado a fijarse más y más en aquella boca, y no por las cosas que pronunciaba. A veces le bastaba una mirada a sus labios carnosos para sentir el deseo de besarla. Era un pensamiento que lo avergonzaba. Callie siempre había parecido un chico… salvo por la boca.

Pero lo que finalmente la había delatado había sido el rubor. Las mejillas se le cubrían de ese matiz rosado, como si un pintor le hubiera aplicado cuidadosamente el color cada vez que se avergonzaba, lo cual le sucedía siempre que él la miraba mucho tiempo.

Aquel descubrimiento también le había hecho sentirse incómodo a sus dieciséis años. Se había dado cuenta entonces de que necesitaba buscarse una novia. Alguien con quien no le importara dar rienda suelta a sus emociones y deseos. Y la había encontrado. A unas cuantas. Pero nunca a una amiga como Callie.

–¡Callie! Cielos, qué alegría verte… Ha pasado mucho tiempo. Demasiado –exclamó, abriendo los brazos para darle un abrazo de bienvenida.

Ella volvió a retroceder hacia la pared.

–No, espera.

Él se detuvo, sorprendido, y ella se mordió el labio inferior. Un mal presagio apagó la alegría que había sentido al verla. Algo iba mal. Muy mal. De niños nunca se habían abrazado, pero de jóvenes habían compartido buenos momentos.

–No he venido de visita social, Jack. Quiero decir… –se aclaró la garganta y adoptó una pose muy digna– doctor Forrester.

11

–¿Doctor Forrester? –repitió él entornando la mirada.

–Tengo entendido que eres cirujano ortopédico y médico de cabecera –dijo ella. Se tocó nerviosamente el sedoso cabello negro y se sacudió la arena de la blusa y la falda–. Y por si nadie te lo había dicho, esa ocupación te otorga el título de «doctor».

–Ah, por eso la gente me ha estado llamando así. Empezaba a extrañarme –dijo, forzando una sonrisa amistosa–. Pero me parece que me conoces lo bastante para llamarme Jack, ¿no?

Vio un destello en sus ojos, semejante a un relámpago en un mar embravecido, y se sorprendió aún más. ¿Qué había dicho para molestarla?

–Gracias, pero prefiero llamarte por tu título. Y seguramente tú quieras llamarme señorita Marshall.

Jack frunció el ceño. Parecía tan fría e impersonal como una desconocida. Pero él no iba a dejar que se saliera con la suya. Apoyó un hombro en la pared y se inclinó más aún.

–¿Qué pasa, Cal? –le preguntó con voz suave.

Ella volvió a ruborizarse. Y otro misterioso brillo relució en sus ojos.

–Te acuerdas de Meg, ¿verdad? –dijo con frialdad–. Mi hermana.

Naturalmente que se acordaba de Meg. El romance que tuvo con ella tiempo atrás no había acabado muy bien. ¿Estaba Callie resentida por el modo tan brusco con que había roto con su hermana mayor? Era difícil de creer. Dudaba de que a la propia Meg le importara mucho a esas alturas.

–Claro que me acuerdo –respondió con cautela.

–Es abogada.

–¿En serio? Vaya, me alegro por ella –dijo él con

sinceridad. Siempre le había gustado Meg–. Sabía que le iría bien en la vida.

–Y está casada. Ahora se llama Margaret Crinshaw.

A Jack le costó un momento recordar dónde había oído antes ese nombre. La expresión del rostro se le congeló. Margaret Crinshaw… La abogada que llevaba la acusación de negligencia contra él.

–Estoy aquí por negocios, doctor Forrester –siguió Callie, con un tono sorprendentemente cortés–. Para investigar esa acusación contra ti.

Jack se irguió lentamente. Se había quedado sin palabras. Callie Marshall había vuelto a casa para investigar los cargos que pesaban contra él. Debía de estar trabajando para Grant Tierney. Otra arma en el interminable arsenal de Tierney. Una punzada de ira y decepción traspasó a Jack. ¿Cómo podía estar Callie contra él? De Grant Tierney podía esperarse lo peor, pues llevaba mucho tiempo siendo su enemigo. La demanda tampoco lo preocupaba mucho. Pero que Callie estuviera en su contra lo sacaba de sus casillas.

–Entonces, tú también eres abogada… ¿señorita Marshall? –le preguntó, intentando relajarse.

–No. Soy investigadora –respondió ella, pasando descalza a su lado–. Trabajo para los abogados de Tallahassee. Los ayudo a reunir pruebas para sus casos.

–¿Y este caso solo supone… negocios para ti?

–Sí –afirmó ella, evitando su mirada–. Solo negocios. Meg creyó que sería la mejor investigadora para este caso, puesto que estoy familiarizada con el lugar.

–¿Y por qué aceptó Meg el caso?

–Conoce a Grant desde hace tanto tiempo como tú. Se ha ocupado de sus asuntos inmobiliarios, y no vio ninguna razón para rechazar este caso.

Jack inclinó la cabeza y la observó. Callie no había sido nunca tan fría ni imparcial. Al contrario, había sido ardientemente apasionada en todos sus objetivos, aunque solo se tratara de pasar un buen rato. También lo había sido con sus amistades, siempre dispuesta a ayudar a un amigo en apuros. Una persona emocional. Abierta. Impulsiva. Y fervientemente fiel.

Y ahora, su amiga de la infancia, se dedicaba a investigar una demanda contra él… únicamente por razones profesionales.

No podía creerlo. Había visto el brillo de emoción en sus ojos y quería saber qué estaba ocultando tras su fría expresión. Algo terrible debía de haberle ocurrido a Callie Marshall para que estuviera en su contra. Doce años habían pasado desde que se vieron por última vez, pero no podía haber cambiado tanto.

–No he cometido ninguna negligencia, Callie… –empezó a decir, pero ella levantó una mano.

–No sigas. No puedo discutir el caso contigo.

–¿No quieres oír mi versión?

–No –su respuesta sonó demasiado vehemente, casi asustada–. Al menos, no ahora –añadió con más suavidad–. No venía preparada para hablar contigo de eso. Ni siquiera sabía que este cobertizo fuera tuyo. Me dirigía a casa de Grant Tierney. Si no hubiera sido por ese cocodrilo, no…

–¿Cuándo querrás oír mi versión?

–Si alguna vez quiero oírla, doctor Forrester, te la pediré –dijo ella con una mueca de exasperación.

–Tal vez no quiera dártela entonces –replicó él.

–Tal vez no te quede elección.

Un desafío. Tenía intención de seguir con su actitud profesional como si su amistad no hubiera significado nada para ella. Él sabía que no era así, de modo que tendría que despojarla de su fría coraza y dejar salir a la verdadera Callie Marshall.

De repente la tarde se le presentaba muy prometedora.

Se cruzó de brazos y separó las piernas.

–¿Me estás diciendo, señorita investigadora, que únicamente estabas paseándote por delante de mi cobertizo cuando un cocodrilo surgió de ninguna parte y te obligó a refugiarte aquí?

–No sabía que era tu cobertizo. Antes pertenecía al señor Langley. Y no me estaba paseando. Me dirigía a casa de Grant Tierney cuando mi coche se quedó atascado en el barro. Tuve que… –se interrumpió, negándose a dar más excusas–. ¿Estás insinuando que me he inventado lo del cocodrilo? ¿Crees que estoy mintiendo?

–Bueno, bueno, yo no usaría el término «mentir» –dijo él, apoyando la cadera en un banco de trabajo–. Sé que no serías capaz de mentirle a un amigo.

Ella apretó los labios y sintió cómo se ruborizaba. Él tenía razón. ¿Por qué debería creer la historia del cocodrilo cuando ella se había negado a escuchar su versión de la demanda por negligencia? Pero no estaba dispuesta a seguirle el juego.

–La verdad acabará hablando por sí misma. Tarde o temprano sabrás que hay un cocodrilo ahí fuera. Seguramente aún esté acechando entre los arbustos.

–Hace años que apenas se ven cocodrilos por aquí. ¿Estás segura de que era un cocodrilo?

–Pues claro que estoy segura –espetó.

Él frunció el ceño con escepticismo.

–¿Qué aspecto tenía?

–Bueno, tenía las patas cortas y una cola larga y horrible. Y su piel era... Oh, ¿por qué me preguntas por su aspecto? ¡Parecía un cocodrilo! Y arrastraba algo naranja –recordó de repente–. Una tela, creo –se mordió el labio y se abrazó a sí misma, consciente del dolor que sentía en las costillas, justo debajo de las axilas–. ¿Una camiseta? ¿Podría haber atacado a alguien?

Jack la miró con ojos entornados, como si intentara decidir qué verdad había en todo aquello.

–Es posible, si realmente era un cocodrilo.

–¡Era un cocodrilo! Tienes que creerme.

–Solo hay un modo de comprobarlo –dijo él, y se dirigió decididamente a la puerta.

Ella le tiró del brazo con un grito de pánico.

–¡No te atrevas a salir ahí fuera! Puedes morir.

–Oh, vamos, Cal. ¿No me crees capaz de ocuparme de un pequeño cocodrilo?

Callie no podía respirar por el miedo. Recordaba cómo Jack había desafiado a la muerte de niño... lanzándose al agua desde los acantilados, saltando entre lanchas motoras o nadando en aguas infestadas de tiburones. Ella misma había hecho algunas locuras, pero ya había crecido. Él no. Se interpuso entre él y la puerta.

–No puedes salir.

Él le recorrió el rostro con la mirada. En sus ojos ardían esos demonios tan familiares.

–Esto no es un reto, ¿verdad?

–¡No! –exclamó ella con voz ahogada–. ¡No lo es!

Jack sonrió y alargó el brazo hacia el pomo de la puerta, pero ella se lo apartó y le bloqueó el paso.

–Hablo en serio, Jack. Los cocodrilos son devoradores de hombres. Mutilan a su presa, la ahogan y la arrastran a su guarida para que se pudra. ¿Tú quieres pudrirte, Jack? ¿Es eso lo que quieres?

Aquello lo hizo detenerse y mirarla fijamente.

–Eso no suena muy divertido –murmuró. Callie se dio cuenta de que tenía el rostro muy cerca del suyo. Parecía estar pensando seriamente, sopesando la amenaza del cocodrilo.

Callie esperó y deseó que así fuera.

El silencio se alargó, y ella se dio cuenta de que le había puesto las palmas en el pecho para detenerlo. Un torso suave y musculoso se escondía bajo la fina camiseta de algodón. Callie podía sentir los fuertes latidos de su corazón y aspirar el calor varonil de su piel. Jack había desarrollado una sorprendente musculatura, y su olor salado y masculino le hizo evocar las peleas que habían tenido de críos. Qué distinto sería ahora luchar contra él…

–Tal vez pueda dejar atrás al cocodrilo –dijo finalmente.

Ella parpadeó y volvió de golpe a la cruda realidad.

–¿Dejarlo atrás? –gritó.

–Mi lancha solo está a unos pocos metros. Tendría que detenerme y abrir la puerta, pero…

–¡Pero nada! –exclamó, empujándolo tan fuerte como pudo. Apenas lo hizo retroceder un paso–. No puedes arriesgarte a ser más rápido que un cocodrilo. Son más rápidos que los caballos. Como lagartos gigantes. Y ya sabes lo rápidos que puedes ser los lagartos.

–Muy rápidos –corroboró él.

¿Era regocijo lo que brillaba en sus ojos?

–Maldita sea, Jack Forrester, ¿crees que hay un cocodrilo ahí fuera o no?

–Claro que sí. De lo contrario no estarías gritándome y aferrándote a mi pecho. A menos, claro está, que… –bajó la voz y esbozó una media sonrisa– las circunstancias fueran muy, muy diferentes.

Su mirada la incomodó tanto que le costó respirar. Se estaba burlando de ella. Pero nunca se había mofado así cuando eran niños. Nunca había insinuado las cosas que podrían hacer juntos como hombre y mujer.

–Si crees que hay un cocodrilo –susurró, temblando–, entonces haz el favor de tomarte en serio el peligro que nos amenaza y no me asustes más.

–¿De qué estás asustada, Callie?

Nada la asustaba más que la respuesta de su corazón al tono íntimo y ronco y la mirada escrutadora de Jack. Se sorprendió a sí misma queriendo darle lo que estuviera buscando. Y más.

–Del cocodrilo, desde luego –consiguió responder–. Y te he dicho que me llames señorita Marshall –añadió, a pesar de los frenéticos latidos de su corazón y del dolor en el costado.

Él se retiró ligeramente.

–En ese caso, señorita Marshall, no tengas miedo. Los cocodrilos son astutos, pero no pueden traspasar puertas –explicó–. Mientras la puerta permanezca cerrada, estaremos a salvo.

A salvo, encerrada a solas con él…

–Relájate –le dijo Jack–. Es posible que tengamos que quedarnos un rato aquí.

Los músculos se le tensaron al pensarlo.

–¿A qué distancia está tu lancha?

–A unos cien metros.

Ella frunció el ceño. ¿No había dicho que estaba «a pocos metros»?

–¿No se puede llegar hasta ella desde aquí?

–No. Añadí este almacén en la parte trasera del embarcadero. Tendríamos que rodearlo y detenernos para abrir la puerta. Y ahora que lo pienso… –se palpó los bolsillos y puso una mueca–. Creo que se me ha caído la llave de la lancha. Debe de estar ahí fuera, en alguna parte.

Se encogió de hombros a modo de disculpa. Nunca un hombre le había parecido tan angelical y diabólico al mismo tiempo.

Él alargó el brazo por detrás de ella y pulsó un interruptor. La luz iluminó la estancia. Callie miró alrededor y vio que el interior estaba alicatado y acabado, y que disponía de un fregadero, una nevera y un cajón para limpiar el pescado.

Antes de que pudiera hacer un comentario, la mirada de Jack se posó en su blusa, bajo el pecho izquierdo.

–¿Qué es eso? –preguntó, acercándose–. ¿Sangre?

Callie bajó la mirada, sorprendida. Podía ver una mancha roja expandiéndose lentamente a través de la camisa.

Al instante la invadió una sensación de mareo y apartó la vista de la mancha. Se mordió el labio inferior y se obligó a serenarse. La herida no podía ser grave, se dijo a sí misma. No dolía tanto.

Rezó en silencio porque la hemorragia se le detuviera sin necesitar atención médica. Por desgracia, parecía que ya contaba con esa atención médica.

–Será mejor que le eche un vistazo –dijo él–. Quítate la blusa

Capítulo Dos

–¿Que me quite la blusa? Ni hablar. Solo es un pequeño rasguño y no necesita atención médica.

–¿Cómo estás tan segura?

–Apenas me duele –mintió Callie–. Lo que necesito es un móvil. ¿No llevas uno encima para las emergencias? Podemos llamar a las autoridades. Intenté llamar con el mío en el coche, pero la batería debe de…

–Lo siento –la interrumpió Jack–. No llevo ningún móvil. Tienen muy poca cobertura. Tengo un busca, pero no nos servirá de nada. Además, puede que la herida necesite puntos. ¿Y a quién más vas a recurrir en Point para que te los dé?

–No necesito puntos –dijo ella.

–No tendrás miedo de dejar que le eche un vistazo a la herida por culpa de esa demanda, ¿verdad? –dijo él, mirándola con el ceño fruncido–. ¿Acaso dudas de mis intenciones o de mis conocimientos médicos?

–No había pensado en eso –admitió ella, sorprendida. Sería lógico que dudara de un médico al que estaba investigando por negligencia. Pero, extrañamente, confiaba en sus buenas intenciones.

–Esa demanda es falsa, Callie.

Ella hizo un mohín con los labios. No estaba en la mejor situación para discutir eso. No mientras estuviera encerrada a solas con él, luchando por ignorar el olor y la sensación de la sangre.

–Ya lo veremos.

–Sí, ya lo veremos. Si antes no te desangras hasta morir.

Callie se puso pálida. Seguro que la hemorragia se detenía pronto. Y seguro que se les ocurriría la manera de salir de allí.

–Apenas me duele –insistió, cada vez más mareada–. No es nada.

–En ese caso, ponte cómoda, por favor –dijo él, indicándole unas sillas–. Siéntate y deséngrate a gusto todo lo que quieras. Como si estuvieras en tu casa.

Ella levantó el mentón ante aquel sarcasmo.

–Voy a por un botiquín de primeros auxilios –murmuró él–. Procura que la camisa no te roce la herida y siéntate antes de que te desmayes.

Callie tragó saliva y se sentó en una silla mientras Jack se acercaba al armario que había sobre el fregadero. Su camiseta y sus vaqueros ceñidos le atrajeron la mirada a sitios a los que no debería estar mirando. No se parecía a ningún médico al que hubiera visto antes.

«Pero es médico. Ve mujeres sin camisa a diario», intentó razonar. Pero no le sirvió de nada. No estaba dispuesta a quitarse la blusa.

El dolor en las costillas empezó a palpitarle seriamente. ¿Qué clase de herida se había hecho? Levantó el brazo y estiró el cuello para comprobarlo, pero el pecho le impedía verla.

–Si me das un paño mojado, una venda y alguna pomada, me la curaré yo misma.

–Sí, eres toda una Florence Nightingale –dijo él con una mirada divertida–. No te mires la herida, Cal. Si te desmayas te harás aún más daño.

Aturdida, Callie intentó fijarse en él y no en la herida. Jack tomó una caja blanca del estante, abrió el grifo y se lavó concienzudamente las manos hasta las muñecas, como si se estuviera preparando para una operación.

Se le formó un nudo de ansiedad en el estómago.

–Hace años que no me desmayo por ver sangre –declaró, fingiendo más valor del que sentía–. Ya no soy una cría, por si no te has dado cuenta.

Él se detuvo, se secó lentamente las manos y regresó junto a ella con el botiquín.

–Ya me he dado cuenta –dijo, mirándola a los ojos.

Una ola de calor recorrió a Callie. Podía entender por qué su hermana se había enamorado de él. Su intensa virilidad podría desarmar a cualquier mujer. Excepto a ella. Lo conocía demasiado bien como para permitir que el calor de su mirada le derritiera el sentido común.

–Aún tienes puesta la blusa.

Callie volvió a sentir cómo se ruborizaba.

–Aunque me cures la herida, seguiré investigando la demanda. Que seas amable no significa que…

–De modo que ese es el problema. Crees que estarás en deuda conmigo. Olvídalo. Solo estoy haciendo lo que hay que hacer.

–Jack –susurró, aferrándose involuntariamente el cuello de la blusa–, no puedo quitarme la blusa delante de ti.

–¿Te avergüenza quitarte la blusa? –preguntó él, mirándola con incredulidad.

Ella asintió.

–¿Quieres que me dé la vuelta?

–¿Y de qué serviría? Seguiría aquí sentada en… en… –la voz se le apagó.

Sus miradas se mantuvieron. La de Callie suplicándole comprensión. La de Jack negándose a dársela.

–Cierra los ojos, Callie –le ordenó tranquilamente, pero con la misma severidad que había empleado de niño para extraerle aguijones de avispa del pie o astillas de los dedos.

Ella entendió que sus palabras, aunque severas, eran más un ofrecimiento que una orden. Significaban que podía cerrar los ojos, abstraerse de cualquier incomodidad y que él se ocuparía de todo,

Tal vez porque siempre había confiado en él, Callie cerró los ojos. Pero no pudo distanciarse con la misma facilidad que cuando eran niños. Hizo acopio de todo el valor que pudo. Él le hizo abrir los dedos que aferraban la blusa y le colocó las manos en los brazos de la silla. Entonces empezó a desabotonarle la blusa. Callie mantuvo los ojos fuertemente cerrados. No podía creer que aquello estuviera sucediendo. Jack Forrester desabrochándole la camisa. El primer botón. El segundo. El tercero. El corazón le latía salvajemente. Iba a quedarse ante él con su sujetador blanco semitransparente.

Al sentir un ligero frescor en la piel, supo que Jack le había abierto la blusa, lo que significaba que podía verle el sujetador, y le estaba aplicando un desinfectante. A continuación, le puso un vendaje en la herida y la miró a los ojos.

Ninguno de los dos sonrió ni apartó la mirada. Y no había ninguna razón, ninguna en absoluto, que explicara el delicioso calor que invadía su interior y le llenaba la cabeza con la idea de besarlo. Como tampoco había razón para que la mirada de Jack bajara lentamente hasta su boca. Una corriente de sensualidad le recorrió las venas, pero se dijo a sí misma que no significaba nada. Había malinterpretado sus miradas otras veces. Jack la había mirado así en un par de ocasiones cuando eran jóvenes, solo para romper el momento a los pocos segundos con un chiste estúpido.

—¿Hemos acabado, doctor? —le preguntó, rompiendo el momento ella misma.

Él la miró a los ojos, visiblemente aturdido, y respiró profundamente.

—La parte de la herida que te he desinfectado es solo un rasguño. No he podido ver el resto.

—¿Por qué no? —preguntó ella, sintiendo que un presagio se le arremolinaba en el estómago.

—Está bajo tu sujetador.

—¿Mi sujetador? —repitió con voz ahogada.

—Tienes que quitártelo, Callie —dijo él, como si estuviera preparándola para una amputación.

Ella lo miró, boquiabierta.

—Parece un corte muy profundo —siguió—. El sujetador puede estar actuando como un vendaje, impidiendo que sangre la herida. Tengo que mirarlo de cerca.

—¿No… no podemos simplemente aflojar los tirantes? —murmuró ella, cruzando las manos sobre el encaje que le protegía los pechos—. Ya sabes, aflojarlos lo justo para que puedas…

—Tienes que quitarte el sujetador —declaró él—. Y cuando te haya curado la herida, no podrás llevar nada sobre ella.

A Callie se le aceleró aún más el corazón, y los pezones se le endurecieron al pensar en exponer sus pechos ante él.

—No.

Él se echó hacia atrás en la silla y se cruzó de brazos.

–Hasta ahora no te has avergonzado –dijo, intentando razonar con ella–. ¿Verdad?

Callie se admitió a sí misma que en eso tenía razón. Jack había mostrado el mismo interés por su desnudez parcial que el que mostraba cuando ella era una niña desgarbada y de pecho plano.

Pero, aunque ahora no fuera una belleza despampanante, sus pechos habían crecido considerablemente desde entonces.

–Ya sé que esto es un tópico –dijo él–, pero no tienes nada que no haya visto antes.

Callie apretó los dientes. Claro que era un tópico. Y también era la verdad. Le estaba diciendo que no tenía nada que pudiera interesarle.

–Cierra los ojos otra vez, Callie.

–No –respondió ella suavemente–. Creo que prefiero mantenerlos abiertos.

–Prefiero que los cierres –insistió él–. Puede que te resulte muy incómodo.

–Soy una mujer adulta –repuso. Se tocó el tirante del sujetador con la punta de un dedo y descendió lentamente hasta las copas–. Puedo hacerlo, doctor.

Jack siguió sus dedos con la mirada. Con el corazón desbocado, Callie los deslizó sobre el borde del encaje hasta alcanzar el cierre frontal.

–¿Debería quitármelo yo o… deberías hacerlo tú? –le preguntó, mirándolo con la cabeza ladeada.

Él se quedó boquiabierto un instante.

–Como tú prefieras –respondió con voz áspera.

Ella se concentró en su rostro, oscuro e inescrutable, y él se concentró en el cierre, sentado rígidamente, observando cómo lo abría con dedos temblorosos.

El gancho cedió. Una ola calor se le extendió por el

cuello y le inundó el rostro. Se abrió el sujetador y los pechos se liberaron del encaje.

Jack no movió ni un músculo ni desvió la mirada. Permaneció mirando al frente, entre los pechos, como si estuviera soñando despierto. Una dolorosa punzada traspasó a Callie. Era cierto. Jack no tenía el menor interés en ella. Nunca lo había tenido.

–Vas a tener que ayudarme a quitármelo del todo –dijo, humillada por su descaro y porque realmente necesitaba su ayuda–. No quiero rozarme la herida.

Lentamente, como si se hubiera dado cuenta de su presencia, Jack subió la mirada y se encontró con la suya. El fuego que ardía en sus ojos la sorprendió.

–Callie –murmuró–. Toma mi camiseta.

Antes de que ella entendiera lo que quería decir, Jack se quitó la camiseta y se la tendió, tensando los músculos de su espléndido pecho.

–Úsala para cubrirte –le ordenó. Y cuando ella dudó, le quitó la camiseta de las manos y se la echó sobre el hombro, con cuidado de no tocarle los pechos.

–Se puede manchar de sangre –susurró ella con una voz casi irreconocible. La inesperada reacción de Jack la había dejado sin aliento, así como la imagen de su torso desnudo.

–No pasa nada. Solo es un poco de sangre.

Callie sintió el impulso de pasarle las manos por el contorno de los músculos, de enredar los dedos en la sedosa capa de vello y de acariciarle la cicatriz del pezón izquierdo.

–Toma tu camiseta –dijo–. No me importa si no tengo con qué cubrirme.

–A mí sí me importa –replicó él, abrumándola de nuevo con la intensidad de su mirada.

Las llamas de sus ojos le hirvieron la sangre en las venas. Estremeciéndola. Asustándola. Nunca lo había visto así. Quería retroceder. Y al mismo tiempo quería acercarse más.

Él apartó la mirada y reanudó la tarea. Un silencio denso y acalorado descendió entre ellos, tan solo interrumpido por el murmullo de las olas, el suspiro de la brisa veraniega y el chillido ocasional de una gaviota. Pero Jack solo oía el torrente sanguíneo resonando en sus oídos mientras retiraba los tirantes del sujetador abierto de los hombros de Callie.

Apretó los dientes, aunque de nada servía. ¿Qué le había hecho pensar que podría ver los pechos desnudos de Callie sin perder el control? Ya lo había pasado bastante mal al desabotonarle la blusa sin fijarse en los pezones que se adivinaban bajo el encaje blanco.

No podía entender aquella reacción física ante ella. No era la primera vez que veía los pechos de una mujer. Se maldijo a sí mismo y a su indeseada erección y siguió trabajando rápido y en silencio. Tenía que olvidar que era la piel de Callie la que estaba tocando. El olor de Callie el que estaba oliendo. Los pechos de Callie los que casi podía rozar con el rostro…

Hasta ese momento, nunca había tenido problemas para concentrarse en su trabajo. De las muchas mujeres que había tratado a lo largo de su carrera, ninguna lo había desconcertado, tentado ni excitado. Ninguna excepto Callie. Tal vez fuera debido a su historia con ella. De joven había alcanzado a ver sus pequeños pechos a través de sus camisetas y bañadores. Sus pezones siempre lo habían obsesionado, transformándose de botones florales a duros guijarros en un abrir y cerrar de ojos. Solo hacía falta salpicarlos con agua fría o que los acariciara la brisa. A veces bastaba con una simple mirada, aunque él nunca la había mirado deliberadamente. No se había sentido bien pensando en ella de ese modo, y había pasado noches enteras intentando sofocar los pensamientos de Callie, ingenua e inocente, y de sus puntiagudos pechos.

Y ahora intentaba no pensar en lo mismo. Pero la camiseta se había deslizado un poco, y la curva pálida y exuberante del pecho se asomaba muy cerca de sus dedos. La tentación de rozar los nudillos contra aquella protuberancia sedosa le provocó una punzada de calor en la ingle.

Apretó los dientes con más fuerza y acabó de vendarle la herida. Aliviado, levantó la cabeza para decirle que no necesitaría puntos de sutura, pero entonces sus miradas se encontraron y sus palabras se evaporaron en otro ataque de calor, provocado por el modo en que ella lo miraba. En lugar de la inocencia de grandes ojos se percibía una conciencia sutil y sensual. Callie sabía que él la deseaba. Y no le disgustaba saberlo.

–¿Has acabado, doctor? –le preguntó con voz ronca, recordándole cómo le había hablado, cómo lo había mirado y cómo se había quitado el sujetador. ¿Estaba burlándose de él? ¿O… invitándolo?

–El vendaje está listo –respondió lentamente, incapaz de apartar la mirada de sus ojos verdes y de olvidar que estaban sentados frente a frente, semidesnudos–. No te harán falta puntos.

Ella no dijo nada. Permaneció sentada cubriéndose los pechos con la camiseta, con los brazos y hombros al descubierto, los labios ligeramente entreabiertos y un brillo sensual en los ojos.

Lentamente bajó la mirada hasta la boca de Jack.

El deseo de besarla lo invadió. ¿No se imaginaba ella lo que le estaba haciendo? ¿No sabía que, siendo el médico que la estaba curando, no podía sucumbir al deseo?

–No juegues con fuego, Callie –le advirtió en voz baja, consciente de que su código ético corría peligro–, a menos que quieras quemarte.

Ella lo miró fijamente a los ojos.

–Si es eso lo que quieres –añadió él, acercando el rostro al suyo–, vamos a prender la llama…

Un sonido ahogado se le elevó desde la garganta a Callie, que se apartó de él. La camiseta se le cayó y se la apretó contra el pecho con ambas manos. De repente parecía muy nerviosa.

–¿De qué estás hablando?

Una profunda decepción invadió a Jack. ¿Sería posible que lo hubiera malinterpretado todo? ¿Que su propio deseo le hubiera hecho imaginarse la provocación de Callie?

–Creo que ya lo sabes –dijo.

Como si percibiera su inseguridad, Callie recuperó la compostura y lo miró furiosa.

–¿Qué intentas decir exactamente, doctor?

Jack supo entonces, sin ninguna duda, que había estado burlándose de él. La señorita Callie Marshall tal vez no estuviera lista para besarlo, pero le gustaba jugar. Desde niña había reaccionado con la misma indignación siempre que tenía que salir de una situación apurada.

Sintió deseos de echarse a reír y al mismo tiempo de zarandearla. Pero, sobre todo, quería besarla.

–Vístete y luego devuélveme mi camiseta.

Al menos tuvo la satisfacción de ver un destello de

angustia en sus ojos verdes. Lástima que no tuviera una ducha a mano. Necesitaba desesperadamente una ducha de agua helada.

–¿Te importa si me quedo con tu camiseta? –le preguntó ella mientras él se lavaba las manos. Su voz había perdido el tono de indignación y en su lugar había adoptado un tono humilde–. Mi blusa está hecha un desastre y es demasiado transparente para ponérmela sin sujetador.

La imagen que provocaron sus palabras solo sirvió para agravar el estado de Jack.

–En ese caso, ponte la camiseta.

Callie se mordió el labio. Jack le había curado la herida con amabilidad y profesionalidad, ¿y qué había hecho ella? Se había pavoneado ante él, provocándolo con su feminidad.

Volviéndose de espaldas a él, se puso su camiseta y se cubrió con ella los pechos desnudos, consciente del dolor en el costado. La herida era mucho más leve ahora que estaba limpia, seca y vendada. Realmente le debía un agradecimiento a Jack.

–Jack –lo llamó, volviéndose nerviosa hacia él–. Quiero darte las gracias por tu ayuda.

–No hay de qué –respondió él mientras se dirigía hacia la nevera–. ¿Quieres una cerveza?

–¿Una cerveza? Oh, no. Gracias. Se está haciendo tarde –dijo, mirando los colores del crepúsculo por las polvorientas ventanas–. Tenemos que encontrar la manera de avisar a las autoridades antes de que el cocodrilo ataque a alguien.

Él sacó una botella de cerveza y retiró el tapón con el pulgar.

–Podría conectar mi vieja radio –dijo, asintiendo

hacia una caja llena de polvo en el estante–. Pero hace años que no la uso. Es posible que le falten piezas.

–Merece la pena intentarlo –insistió ella, mordiéndose el labio–. Pero, ¿y si no funciona?

–En ese caso tendremos que esperar hasta que alguien nos rescate –dijo él con una lenta sonrisa.

–Pero podrían pasar horas –dijo ella. No podía estar con Jack. La gente pensaría que estaba confraternizando con él, y el caso de su hermana se vería comprometido.

–No te preocupes –la tranquilizó. Se sentó en una silla y estiró sus largas piernas–. Si la situación se hace crítica, puedo inflar un bote, llenarlo con chalecos salvavidas e improvisar una cama.

–¿Una cama? –repitió ella, incrédula–. ¿Para qué íbamos a necesitar una cama? No estarás diciendo que… –por un momento se quedó sin habla, horrorizada–. No creerás que tengamos que pasar toda la noche aquí, ¿verdad?

–Míralo por el lado bueno. Como mi padre solía decir: «Detrás de cada horizonte oscuro, siempre hay un sol esperando a salir». Tenemos una nevera llena de bebidas, un armario de latas de conserva y buena compañía –dijo, y levantó la cerveza en un brindis amistoso.

–Pero… tengo que conseguir un teléfono. Debo hacer muchas llamadas y ocuparme de muchas cosas. No puedo quedarme aquí.

–Intentaría dejar atrás al cocodrilo, pero ya casi ha oscurecido –dijo él. Se inclinó hacia delante en la silla y sostuvo la cerveza entre las piernas–. Es bien sabido que los cocodrilos están especialmente hambrientos antes de que anochezca.

Callie se tragó un grito de consternación y se clavó las uñas en las palmas. Empezaba a sentirse realmente atrapada.

–Vamos a probar con la radio.

–Podemos intentarlo, pero…

Unos golpes en la puerta los sobresaltaron a ambos.

Los dos se miraron el uno al otro y se movieron hacia la puerta a la vez.

–¿Quién demonios…? –empezó a mascullar Jack.

–Gracias a Dios –exclamó Callie, pero enseguida ahogó un grito de pánico–. ¡El cocodrilo! Puede atacar a quien esté ahí fuera.

Jack abrió la puerta con una expresión más de disgusto que de preocupación. Callie se enganchó a su codo, desgarrada entre el alivio por ser rescatada y temerosa de un posible ataque del cocodrilo.

–Sheriff Gallagher –saludó Jack, con un tono no especialmente complacido.

–¿Cómo estás, doctor? –preguntó el sheriff, un hombre calvo y achaparrado con el rostro colorado–. Hemos recibido una llamada telefónica de alguien que se había quedado atrapada en la carretera de Gulf Beach. Mi secretaria no pudo entender casi nada de lo que la señora le estaba diciendo antes de que la conexión se perdiera, pero…

–Yo hice la llamada, sheriff –dijo Callie. Agarró el voluminoso brazo del sheriff y tiró de él hacia el interior–. ¡Entre, rápido! –gritó, cerrando la puerta–. ¿Tiene un móvil? Oh, veo que tiene un arma. Espero que no tengamos que usarla, pero si la cosa se pone fea…

–Discúlpeme, señorita –la interrumpió el sheriff, desconcertado–, pero parece muy alterada por algo. ¿Cuál es el problema?

–Sheriff Gallagher, esta es Callie Marshall –intervino Jack–. La recuerda, ¿verdad? La hija pequeña del coronel Marshall.

–Callie Marshall, ¡claro que sí! –exclamó el sheriff con una amplia sonrisa–. ¡Se ha convertido en toda una mujercita! Su padre estaría muy orgullo si pudiera verla ahora.

Una mezcla familiar de dolor y remordimiento traspasó a Callie cuando oyó la mención de su padre. Hubo un tiempo en el que hubiera dado todo porque se sintiera orgulloso de ella, pero acabó dándose cuenta de la inutilidad de sus intenciones. Tendría que haber sido uno de sus soldados para ganarse su aprobación. Una simple hija jamás podría estar a la altura.

–Gracias.

–Lamenté enterarme de su fallecimiento. Era mi compañero de póquer siempre que venía a Point, ¿sabe? He oído que murió en una misión militar en el extranjero.

–Sí –corroboró Callie. Ella también lo había oído… muchos meses después de la desgracia. A las autoridades les había costado mucho tiempo ponerse en contacto con ella. Los colegas de su padre no sabían que tenía familia, después de que su esposa hubiera muerto.

–Quiero expresarles mis condolencias a ti y a tu hermana.

Callie no respondió, incapaz de articular palabra. Se sentía como si le hubieran abierto una vieja herida. Había sabido que sería muy duro volver allí.

–Es estupendo que haya vuelto finalmente a casa de visita.

Callie recuperó la compostura, como si fuera un escudo, y dejó de pensar en aquel tema tan doloroso.

–En realidad, sheriff, he venido por asuntos de trabajo. Y ahora, como estaba diciendo, hay un…

–Meg es abogada, sheriff –dijo Jack–. Una gran abogada en Tallahassee.

–¿En serio? Siempre pensé que lo suyo eran las fiestas glamurosas y todo eso.

–¡Sheriff, por favor! –espetó Callie–. Hay un cocodrilo ahí fuera, y está hambriento. Ha estado persiguiéndome.

–¿Un cocodrilo? –repitió el sheriff. Se volvió con el ceño fruncido hacia Jack.

–Le juro que es cierto, sheriff –insistió Callie. No podía creerse que Jack no la apoyara–. Tal vez el doctor Forrester no me crea, pero un cocodrilo ha estado persiguiéndome por la playa. Estaba muy preocupada de que pudiera atacar a alguien.

–Entiendo… –dijo el sheriff–. Seguramente haya visto al viejo Alfred.

–¿El viejo Alfred? –repitió Callie con el ceño fruncido. El sheriff no había entendido nada.

–Alfred es el único cocodrilo que nos queda en Point, señorita. No le haría daño a nadie.

Callie lo miró sin comprender.

–Una familia que vivía en la playa empezó a darle de comer hace diez años e hicieron de él su mascota. Cuando se mudaron, Alfred se desplazó a la propiedad del doctor Forrester, quien se ocupa de él ahora. Si tuviera que cazar para vivir, se moriría de hambre.

–¿Alfred? –preguntó ella mirando a Jack, quien se había enganchado los pulgares en los bolsillos de los vaqueros y miraba atentamente el techo.

–El doctor incluso le ató un trapo naranja para asegurarse de que todos lo reconocieran –añadió el sheriff.

Callie sintió que la sangre empezaba a hervirle.

–Doctor Forrester –dijo con una voz de ultratumba–, ¿tienes a un cocodrilo llamado Alfred viviendo por los alrededores?

Jack se aclaró la garganta y se frotó la nuca.

–Ahora que lo pienso, es posible que Alfred esté por aquí cerca.

–¿Y me has dejado creer que estábamos en peligro? –espetó Callie, echando fuego por los ojos.

–¿Cómo podía estar seguro de que no era otro cocodrilo?

–¿Vestido de naranja? –farfulló ella.

El sheriff Gallagher parpadeó, confuso.

–Cálmese, señorita Callie –le dijo, poniéndole una mano en el brazo–. Seguramente el doctor se olvidó por completo del viejo Alfred.

–¿Que se olvidó? –gritó Callie. Se soltó de la mano del sheriff y miró furiosa a Jack–. ¡He atrancado la puerta con mi cuerpo para impedir que arriesgaras tu vida!

–Te dije que podía ocuparme de un cocodrilo –se excusó él.

–¿Qué derecho tienes a dejar suelto un cocodrilo por ahí? –le preguntó ella entre dientes.

–Yo no lo he dejado suelto. Está en su hábitat natural. Es inofensivo. Apenas tiene dientes.

Callie apretó los puños, intentando contenerse para no estrangular a Jack.

–Y me ibas a mantener aquí encerrada hasta mañana, ¿verdad?

–No, no. Bueno, tal vez. Pero…

–¡Eres un ser despreciable! –espetó, aunque las palabras no causaron ni de lejos el daño que quería infligir–. Alguien podría sufrir un ataque al corazón solo por ver a ese cocodrilo. Y no podría contar con ayuda médica competente en cien kilómetros a la redonda.

La expresión de regocijo se borró de los ojos de Jack.

–Esa es una acusación muy dura, Callie.

–Pero cierta. Y no vuelvas a llamarme Callie. Para ti soy la señorita Marshall, maldito… ¡maldito mentiroso! –pasó como una exhalación junto al sheriff y abrió la puerta.

–Maldita sea, Callie, espera un momento –la llamó Jack mientras ella bajaba los escalones–. No te mentí. En realidad, te dije que no quedaban muchos cocodrilos en Point.

–Vete al infierno, Jack Forrester –gritó ella por encima del hombro–. No vuelvas a acercarte a mí, o lo tomaré como una declaración de guerra.

–Eh, eres tú la que ha entrado en mi propiedad. Ambos sabemos que te arrojaste en mis brazos.

Callie se quedó boquiabierta y se giró para fulminarlo con la mirada.

–Eh… discúlpeme, señorita Callie –dijo el sheriff, bajando los escalones hacia ella–. Se está haciendo de noche y he visto su coche atrapado en la ciénaga. ¿Puedo llevarla a alguna parte?

A través de la neblina roja que le empañaba la visión, Callie se dio cuenta de que, efectivamente, estaba oscureciendo y de que aún le quedaba un buen trecho para llegar a la casa de Grant Tierney. No podía presentarse a esas horas, y menos con una camiseta de hombre y hecha un desastre.

–Gracias, sheriff. Me haría un gran favor si pudiera sacarme de aquí.

–Callie... –volvió a llamarla Jack desde lo alto de los escalones.

–¡No! –lo cortó ella, apuntándolo con un dedo como si fuese un arma–. Ríete todo lo que quieras por esta noche, doctor Forrester. Pero recuerda... –bajó la voz a un tono mordazmente sarcástico–. En cada horizonte radiante hay un sol esperando a ponerse. Te veré en el juicio.

Dicho eso, se dirigió muy digna hacia el coche del sheriff.

Jack apretó los labios y la vio alejarse.

–No, señorita –murmuró–. Nos veremos antes de eso.

Capítulo Tres

Aquel hombre era un peligro.

Tras una larga noche despotricando contra él en su suite del hotel, Callie había caído rendida en un sueño ardientemente sensual en el que Jack Forrester le hacía el amor contra la pared del embarcadero.

Se despertó empapada en sudor. No había duda; Jack era un peligro. Se había burlado de ella, había amenazado su credibilidad como investigadora y, lo peor de todo, le provocaba un inquietante deseo físico. Y ella no podía permitirse nada de eso. No podía confiar en Jack Forrester.

Nunca olvidaría la primera vez que aprendió aquella lección. Acababa de cumplir diecisiete años. Meg, dos años mayor que ella, había salido por la noche con Jack, un chico rebelde de diecinueve años al que le gustaban los coches, las motocicletas y las mujeres.

Meg le ocultó la relación a su padre. El coronel nunca había aprobado las compañías de su hija, y mucho menos que saliera con el salvaje Jack Forrester. Su temperamento, siempre irascible, había empeorado aún más tras la muerte de su mujer, sin cuya influencia apaciguadora había tratado a sus hijas como si fueran soldados, exigiendo un control absoluto sobre sus vidas: nada de chicos, coches y fiestas. Prohibido llevar amigos a casa y tener mascotas. Obligación de sacar sobresalientes en la escuela. Toque de queda a las diez en punto. Interminables tareas domésticas. Inspecciones agotadoras. Normas imposibles de acatar.

No pudieron evitar llevar una vida secreta. Cuando el coronel se enteró por un amigo que Meg estaba viendo en secreto a Jack, tuvo una explosión de ira. Pero, por primera vez en su vida, Meg se negó a claudicar, tan desesperada estaba por conseguir su libertad. Callie la apoyó sin reservas. El coronel vio la unión de las hermanas como una insurrección y les dio un ultimátum: u obedecían o se marchaban de casa para no volver jamás. Callie no podía creerse que lo dijera en serio. Le parecía una horrible traición. Tenía que ponerlo a prueba y averiguar si su padre la quería o si realmente la quería fuera de su vida. Por tanto, ella y Meg eligieron marcharse. Hicieron el equipaje, salieron de casa en mitad de la noche y fueron a buscar a Jack. Las dos sabían que podían contar con él. Era el mejor amigo de Callie y había salido con Meg durante el verano. Lo encontraron en una fiesta en la playa, abrazado a otra chica. Callie seguía poniendo una mueca de dolor cada vez que recordaba la escena tan humillante que había provocado Meg. Jack se había ido de la fiesta con ella, pero solo para acabar con su relación.

–No estoy listo para tener algo serio con nadie, Meg. Si tú lo estás, búscate a otro.

El dolor y la furia habían impedido a Meg informarle de sus planes, pero Callie le había contado el ultimátum del coronel.

–Solo eres una niña, Cal. No puedes salir adelante por ti misma. Vete a casa. Las dos.

Callie lo había mandado al infierno, y también Meg. Las dos hicieron autostop hasta Tallahassee, empeñaron las joyas que les había dejado su madre y se pusieron a trabajar como camareras. La vida fue dura... increíblemente dura, pero consiguieron salir adelante. Por sus amigos se enteraron de que el coronel pasaba muy poco tiempo en Mocassin Point. Parecía que se había involucrado más activamente en las misiones en el extranjero. Y Jack se había marchado a la universidad. Meg acabó casándose con un buen tipo, y gracias a él pudo matricularse en la carrera de Derecho. Con la ayuda de su hermana, Callie montó su negocio y consiguió tener éxito como investigadora.

Pero los recuerdos del conflicto familiar, del ultimátum del coronel y de la traición de Jack seguían clavados en su corazón. Los dos hombres a los que más había querido en el mundo le habían dado la espalda cuando más los necesitaba. Se había pasado los doce años siguientes concentrada en su carrera profesional, asegurándose de que nunca más volvería a necesitar a nadie.

Se preguntó, no por vez primera, si Meg había aceptado aquel caso para vengarse de Jack. Ella, naturalmente, lo había negado, alegando que era una mujer felizmente casada y madre de dos niños.

Vestida con un impecable traje de lino beis, una blusa de seda color crema y zapatos de piel, Callie subió los escalones del impresionante chalé de Grant y Agnes Tierney, construido en piedra sobre sólidos pilares.

–Callie Marshall. Hola.

Callie reconoció al hombre alto y moreno con espesas cejas, ojos azules y sonrisa encantadora. Era un poco mayor que Meg, y no se había juntado mucho con ellas cuando eran niños, ya que había pasado casi toda la infancia en internados de lujo y solo estaba en Point durante las vacaciones veraniegas. Jack, en cambio, que vivía junto a los Tierney, había sido muy buen amigo de Grant. ¿Su amistad se había roto antes de la supuesta negligencia o por culpa de la misma?

Callie le estrechó la mano y se disculpó por no haber asistido a la reunión del día anterior.

–No te preocupes –dijo Grant–. Tendría que haberte avisado para que no vinieras por la carretera de Gulf Beach. Lleva muchos años cerrada. El letrero debe de haberse caído. Gracias a Dios que te encontró el sheriff Gallagher.

Callie asintió y cambió de tema para admirar la suntuosa decoración de la casa: cuadros, esculturas y enormes maceteros. No tenía el menor deseo de recordar sus desventuras del día anterior. Y ojalá no fuera necesario dar explicaciones.

–Te acuerdas de mi madre, ¿verdad? –dijo Grant.

Callie se volvió hacia Agnes Tierney con una sonrisa de afecto. Recordaba cómo de niña espiaba a través de la verja para ver trabajar a la escultora viuda de mirada soñadora. Tenía el pelo tan rojo como siempre, y los ojos de un azul radiante. Vestida con una túnica vaporosa de color púrpura, parecía una especie de ave exótica.

–¿No es perfecta? –exclamó, juntando sus elegantes manos.

Callie dudó, sin saber cómo responder a aquel recibimiento.

Agnes acercó su rostro al suyo.

–Oh, Grant. Es perfecta. Esta nariz… Es fabulosa. ¡Tengo que plasmarla!

–Eh, madre… –murmuró Grant, dedicándole una sonrisa de disculpa a Callie, que resistió el impulso de

41

cubrirse la nariz con las manos–. Creo que estás asustando a nuestra invitada.

Agnes se retiró a regañadientes.

–¿La he asustado? Lo siento. Pero su nariz sería perfecta para mi Venus.

–¿No te olvidas de algo, madre?

Agnes alzó una de sus cejas exquisitamente depiladas, y Grant le dio una palmadita en la mano derecha. Ella bajó la mirada y su entusiasmo se apagó como una vela.

–Oh, es verdad. No puedo acabar mi Venus, ¿verdad?

–Me temo que no –respondió su hijo, y se volvió hacia Callie–. Ha perdido movilidad en la mano.

La expresión de dolor y resignación en el rostro de Agnes conmovió a Callie.

–Me gustaría hacerle unas preguntas sobre su lesión, señora Tierney.

–Vamos, pongámonos cómodos y empecemos a trabajar –las apremió Grant, y las acomodó en unos sillones con forma de manos junto a una mesita de madera–. A mi madre le está costando mucho tiempo adaptarse. Ha sido un golpe muy duro, tanto emocional como económico. Tiene que esculpir bustos a una docena de famosos, pero ahora no podrá acabarlos.

Callie sacó una grabadora del bolso.

–Señora Tierney, me gustaría que me contara lo que sucedió. ¿Le importa si grabo la conversación?

Agnes accedió a su petición y comenzó.

–Estábamos en el picnic del Cuatro de Julio, y yo estaba charlando con el señor Sullivan, un caballero muy atractivo. Libra, como yo. Tiene la casa más bonita de Point. Bueno… estábamos comiendo la deliciosa sopa de pollo de Sally Babcock. La hace con quimbombo y pimienta, ¿sabe? Pero este año... le añadió gambas –confesó, inclinándose hacia delante. Parecía expectante por la reacción de Callie.

–¿Gambas?

–Sí, gambas. Soy alérgica a las gambas. De modo que allí estaba, tomando mi sopa cuando se me empezaron a hinchar la lengua y la garganta. Di un respingo y me puse a gritar: «¡Gambas, gambas!», pero nadie movió un dedo para ayudarme. El señor Sullivan dijo que me estaba poniendo morada. Qué irónico que el morado sea mi color favorito. Bueno, el caso es que Jack Forrester surgió de repente con su botiquín. Él sabe que soy alérgica. Esto ya había ocurrido antes en casa de su madre, buena amiga mía. Éramos vecinas, hasta que Jack le compró la casa y ella se mudó al otro lado de la bahía. Bueno, yo grité «¡gambas!», y Jack me puso una inyección.

–¿Un antihistamínico?

Agnes asintió, pero Grant sacudió la cabeza.

–Tengo mis dudas –murmuró.

Aunque Callie ya sabía que la inyección de Jack Forrester le había provocado serios daños a Agnes, la posibilidad de que le hubiera suministrado la medicación errónea le resultaba espeluznante. ¿Realmente había cometido un error semejante?

–¿Qué hizo entonces? –preguntó–. ¿La tuvo en observación?

–Oh, sí. Me estuvo vigilando durante un buen rato. Las hinchazones de la garganta y la nariz desaparecieron, y pude volver a respirar. Me sentía muy bien. Todo a mi alrededor relucía de color, y cada sonido parecía música celestial. Era precioso. El señor Sullivan me llevó a dar un paseo por la playa. ¡Qué hermosos estaban el cielo y el agua!

–No te desvíes del tema, madre –la interrumpió Grant.

–Oh… sí. Bueno, esta parte es difícil de explicar. Empecé a ver cosas. Hadas, dragones y girasoles con caras sonrientes. Entonces mis brazos se transformaron en alas de mariposa. ¡Sí, alas de mariposa! Me imagino su sorpresa. Naturalmente quise probarlas, así que subí a una duna de arena. Creía que era una inmensa mariposa saliendo del capullo. Y eché a volar.

–¿Echó a volar?

–Sí, pero no llegué muy lejos –hizo una pausa y se miró la mano–. Lo siguiente que recuerdo es que desperté en un hospital con un esguince en el tobillo, una conmoción y una… una… –los ojos se le llenaron de lágrimas– una muñeca destrozada.

Callie le puso una mano sobre las suyas.

–Tuvo que ser horrible. Parece que la inyección del doctor Forrester tuvo algo que ver con esas alucinaciones.

–Claro que sí –intervino Grant–. Fuera lo que fuera, no era lo que mi madre necesitaba.

–Y sin embargo, la reacción alérgica desapareció –murmuró Callie.

–Eso no quiere decir nada. Casi todas las «reacciones alérgicas» de mi madre solo están en su cabeza. Son psicosomáticas. Forrester podría haberle aliviado los síntomas con una píldora de azúcar.

Agnes se volvió hacia él como si quisiera discutir, pero no dijo nada.

–Para dejar las cosas claras, señorita Marshall –dijo Grant–, no había gambas en la sopa de Sally Babcock.

Su madre soltó un bufido y levantó ligeramente el rostro, mostrando su desacuerdo.

–Le preguntaré a Sally por la sopa –dijo Callie–. ¿El doctor Forrester fue con usted al hospital?

–No, estaba pescando, creo –respondió Grant–. Había salido en barca poco antes de que mi madre se cayera de la duna. Le presta más atención a sus aficiones que a la medicación que les inyecta a las personas.

Callie se mordió el labio. Podía imaginarse a Jack marchándose a pescar.

–¿El hospital dio alguna explicación de las alucinaciones?

–Ninguna. Realizaron muchas pruebas, pero no sacaron ninguna conclusión. También albergo mis dudas sobre esas pruebas. Jack Forrester trabaja en ese hospital, y es lógico que sus colegas no quisieran hacer nada que pudiera incriminarlo.

–¿Crees que el hospital está ocultando información?

–Estoy seguro.

Callie alzó una ceja y tomó unas cuantas notas. Tendría que comprobar los resultados de aquellas pruebas.

–Discúlpeme, señora Tierney, pero… ¿tomó usted alguna otra medicación aquel día, o comió algo extraño, o… o fumó algo?

–Claro que no. No fumo ni tomo drogas. Y llevo una dieta muy estricta. Ni siquiera tomo carne roja.

–¿De verdad crees que mi madre abusaría de cualquier sustancia? –preguntó Grant con el ceño fruncido.

–No, por supuesto que no. Pero tenemos que valorar cualquier posibilidad. Haré que un médico examine su historial médico, con su permiso, naturalmente.

–Cualquier persona sensata puede ver que fue la inyección de Jack Forrester la que provocó las alucinaciones –mantuvo Grant–. La lesión de mi madre le impide ganarse la vida, y le ha arrebatado su gran pasión… el arte. Es justo que Jack Forrester pague por ello.

–¿Tiene seguro médico? –preguntó Agnes, presionándose una mano contra el busto–. Espero que sí. No me gustaría causarle muchos problemas. Siempre fue un buen chico.

A Callie la sorprendió la preocupación de Agnes Tierney por Jack, pero Grant frunció el ceño.

–Pues claro que tiene seguro, madre. Pero esa no es la cuestión. Él es la causa de tus problemas físicos, emocionales y económicos, y me alegraré si tiene que rascarse los bolsillos.

Agnes hizo un mohín con los labios, pero no dijo nada más. Callie decidió hablar con la mujer a solas tan pronto como fuera posible, sin la presencia acaparadora de su hijo. Era obvio que la mujer tenía sus dudas sobre aquella demanda. Y, técnicamente hablando, la demandante era ella, no Grant. Sería ella la que tendría que testificar en el juicio contra Jack.

–¿Le apetece una taza de té, señorita Marshall? –le ofreció Agnes–. Tengo té verde, naranja, chino e inglés. Y otras hierbas de mi propio huerto.

–No, gracias, señora Tierney. Tengo que irme, pero me gustaría verla en otra ocasión, antes de marcharme.

–Vendrá al picnic de mañana, ¿verdad?

–¿Al picnic?

–El picnic del Día del Trabajo. Todo el mundo estará allí. Puedo presentarle al señor Sullivan. Bob Sullivan. Estamos muy unidos, ¿sabe?

–Madre, estoy seguro de que la señorita Marshall

tiene cosas más importantes que hacer que asistir a un picnic con los paletos del pueblo.

–En realidad, el picnic sería una gran oportunidad para hablar con la gente –reflexionó Callie, ofendida por el calificativo de Grant. Ella también había crecido en Point, después de todo–. Estarán los mismos que estuvieron en el picnic de julio, ¿no?

–Efectivamente –corroboró Agnes–. Estarán los mismos.

–Puede que no estén exactamente los mismos –replicó Grant–. Y no será fácil hablar allí, con tanto ruido. Es una pérdida de tiempo.

–Será divertido –insistió Agnes–. Y Grant necesita una pareja. Sería perfecta para él.

–¡Madre!

–Es soltero, ¿sabe? –le confesó a Callie–. Divorciado. Apenas tuve ocasión de conocer a su exesposa. La tercera… A las otras dos las conocí bastante bien…

–Ya basta, madre –la interrumpió Grant con el rostro colorado–. La señorita Marshall está demasiado ocupada para charlar –se volvió hacia Callie con una sonrisa forzada–. ¿Necesitas que te lleve a algún sitio? Me he fijado que te ha traído Dee, la dueña del hotel.

–Mi coche sigue atrapado en el barro en la carretera de Gulf Beach. La única grúa de Point no está disponible esta mañana, así que Dee se ofreció para traerme. Pero no tienes que llevarme a ningún sitio. Dee me dijo que la llamara y que pasaría a buscarme.

–Tonterías. Estaré encantado de llevarte. ¿Adónde vas?

–Al hotel, supongo.

Antes de que su madre pudiera decir algo más, Grant llevó a Callie a su lujoso sedán. Mientras recorrían la escasa distancia por la carretera principal, Callie pensó en la posibilidad de que Jack le hubiera inyectado a Agnes la medicación equivocada. La idea le revolvía el estómago, y aquella reacción la angustió aún más. ¿Por qué debería importarle que Jack se hubiera vuelto tan descuidado?

Grant metió el coche entre dos palmeras, en el camino de entrada del acogedor hotel con vistas a la bahía.

Callie vio con el rabillo del ojo un atisbo de pelo dorado. Una figura de anchos hombros estaba de pie en el camino, vestida con pantalones oscuros y camisa marrón. Su sonrisa destellaba junto a la cicatriz en el rostro bronceado mientras observaba a los niños saltar sobre los aspersores del césped.

Jack Forrester. Y estaba apoyado en una grúa.

–¿Qué demonios está haciendo él aquí? –espetó Grant.

Callie también se preguntaba lo mismo… y cómo había aparecido la grúa en el hotel. En el taller le habían dicho que alguien la había alquilado. ¿Sería Jack Forrester?

Antes de que pudiera desabrocharse el cinturón de seguridad, Grant había salido del coche y avanzaba hacia Jack. Con sus poderosos antebrazos cruzados al pecho, Jack apartó la mirada de los niños y se giró hacia su enemigo. Sin prestarle la menor atención, miró a Callie y le sonrió.

–Buenos días, señorita Marshall.

Sus miradas se encontraron y Callie sintió cómo una descarga eléctrica le calentaba la piel.

–¿Qué haces aquí, Forrester? –le preguntó Grant antes de que Callie pudiera articular palabra. Se había detenido a una distancia prudente de Jack, pero lo miraba amenazadoramente.

–No creo que sea asunto tuyo, Tierney –repuso él, imperturbable.

–Lo es si has venido a acosar a Callie Marshall.

–Crecí acosando a Callie Marshall. Y eso es algo que no va a cambiar tan pronto.

Grant tensó la mandíbula y apretó los puños a los costados. Con un polo azul marino, pantalones marrones, zapatos italianos y su caro reloj de oro, era la personificación de la elegancia adinerada. Físicamente era casi tan grande como Jack, pero no tan musculoso.

–Tu acoso no interferirá en la investigación de Callie –dijo Grant–. Supongo que sabrás que ella y Meg se están ocupando de mi caso.

–No sabía que tuvieras un caso entre manos.

–Lo sabrás.

Callie se interpuso entre los dos hombres y miró furiosa a Jack.

–¿Qué haces aquí, doctor Forrester?

–Pensé que te haría falta una grúa.

–Sabes muy bien que sí. ¿La has tomado del taller de Bobby Ray?

–Así es. No quería que nadie más se la llevara antes que tú. ¿Estás lista para ir a sacar tu coche del barro?

–No necesita tu ayuda para hacerlo –espetó Grant.

–¿Vas a hacerlo tú por ella? –preguntó Jack con un brillo de regocijo en sus ojos–. ¿Sabes cómo se hace?

El rostro aristocrático de Grant se cubrió de rubor.

–Bobby Ray Tucker tiene experiencia de sobra para sacar un coche del barro. No tengo más que llamarlo.

–Sí, pero Bobby Ray no tiene la grúa en estos momentos. Durante el resto del día… es mía.

–Encontraré otra –declaró Grant–, aunque tenga que ir al pueblo a buscarla.

–Será mejor que te des prisa –le aconsejó Jack mirando al cielo, que empezaba a nublarse–. Se acerca una tormenta. Cuando la carretera de Gulf Beach se inunda, no hay modo de saber cuánto tiempo pasará antes de que los vehículos puedan volver a transitarla.

Callie oyó cómo a Grant le rechinaban los dientes… ¿o serían los suyos propios?

–¿Te estás ofreciendo a sacar mi coche del barro, doctor Forrester?

–Será un placer, señorita. Lo único que te pido es que vengas conmigo. Así podrás indicarme dónde está el coche. No me gustaría perder mi valioso tiempo buscándolo.

–Como si fuera tan difícil encontrarlo… –gruñó Grant–. No te preocupes, Callie. Os seguiré de cerca.

–Buena suerte –dijo Jack–. Si tu coche de niño rico se queda atascado en el barro, quizá tengas que esperar un buen rato para poder salir. Personalmente, yo no lo dejaría mucho tiempo en esos bosques. Ya sabes cómo son los chicos del pueblo.

Callie se estremeció al pensar en el Mercedes de su hermana. Un coche tan caro sería una tentación para los jóvenes aburridos y pendencieros del pueblo.

–Será mejor no arriesgarse, Grant.

–Le pediré prestado un todoterreno a alguien.

–Adelante –lo apremió Jack.

–Ven conmigo, Callie.

–Necesito mi coche, Grant.

–También necesitarás las otras cosas que tengo para ti, señorita Marshall –dijo Jack.

–¿Qué otras cosas? –preguntó poniéndose rígida.

Jack levantó una ceja, miró a Callie y permaneció en silencio. Ella supo a qué cosas se refería. Se había dejado los zapatos, la blusa y el sujetador en el cobertizo.

–Grant… –le susurró, llevándoselo aparte–. Está intentando provocarte. No le sigas el juego. Sea lo que sea lo que esté tramando, podré ocuparme yo sola. ¿Por qué no te vas a casa y…?

–No te fíes de él, Callie. Es un sinvergüenza. Sobre todo con las mujeres. Te hará creer que es un santo y que yo soy el demonio si le das la oportunidad.

–Discúlpame, señorita investigadora –intervino Jack–, pero será mejor que nos demos prisa antes de que empiece a llover.

Callie miró ansiosa a Jack por encima del hombro y apremió a Grant.

–Puedes irte. Necesito mi coche para acabar la investigación, y dependo de él para conseguirlo.

–No hagas caso de nada de lo que te diga –murmuró él–. Y llámame si hay algún problema.

Se apartó de ellos y se dirigió muy rígido hacia su coche. Callie esperó a que se alejara antes de volverse hacia Jack. Los dos se miraron el uno al otro en silencio, intentando adivinar sus respectivos pensamientos.

Volvían a estar a solas.

–¿Por qué haces esto?

–Quería disculparme por lo de anoche… Y te quería tener otra vez para mí solo.

Un intenso calor volvió a invadir a Callie. ¿Cómo podía afectarla tanto con solo unas palabras?

–¿Por qué dices eso? –le reprendió–. Sabes que no puedo ir contigo si dices esas cosas.

–Querías sinceridad.

–No –negó ella, sacudiendo la cabeza. La aterrorizaba tanta sinceridad, pero al mismo tiempo deseaba ir con él–. Lo único que quiero es mi coche.

–Y a eso vamos.

Callie retorció nerviosamente la correa del bolso. Sería muy sencillo sentarse junto a él en la grúa y racionalizarlo todo. Necesitaba su coche y las cosas que había dejado en el cobertizo. Y podía confiar en sí misma para manejar cualquier situación que se le presentara. E incluso podría averiguar más de Jack de lo que él quería que ella supiera.

«¡Aléjate de él, Callie!», la acució una voz interior. «¡Corre!».

–Tal vez debería esperar a que me ayudara otra persona.

–Tal vez –dijo él con una media sonrisa–. Pero no vas a hacerlo.

El desafío estaba claro. La estaba retando a ir con él y fingir que no significaba nada para ella. Pero Jack no sabía nada del calor que le provocaba cada vez que la miraba de aquella manera tan intensa y posesiva… como la estaba mirando en aquel momento. Tampoco sabía que ella había deseado que la besara cuando solo eran amigos. Ni que había soñado con él la noche anterior y que se había despertado con su nombre en los labios.

No sabía nada de eso. Pero ella sí.

No era prudente ir con él. Pero necesitaba su coche y quería recuperar su ropa. Y deseaba conseguir las respuestas a sus preguntas.

Además… nunca había renunciado a un desafío de Jack Forrester.

Capítulo Cuatro

Mientras una silenciosa y remilgada Callie Marshall se sentaba rígidamente junto a él en la cabina de la grúa, Jack se obligó a relajar los músculos y las manos sobre el volante.

No le gustaba verla con Tierney. No le gustaba que Tierney la volviera contra él. Y tampoco le gustaba lo mucho que le desagradaba todo. Su reacción ante Callie no era la que debería ser. La noche anterior había permanecido en vela analizando esa reacción... ese deseo que le hervía la sangre cada vez que ella estaba cerca. ¿Por qué lo afectaba de esa manera? Se había convertido en una mujer muy hermosa, cierto, pero las mujeres hermosas no escaseaban precisamente. Revoloteaban a su alrededor como mariposas de colores, y él nunca había intentando retener a una durante demasiado tiempo. Ni les clavaba alfileres en las alas.

No tenía lo que había que tener para hacer feliz a una mujer fuera de la cama. Necesitaba su espacio y su tiempo en soledad, y la libertad para relajarse siempre que el trabajo lo agobiaba. Por muy egoísta que fuera, reconocía que tenía muy poco que darle a una mujer.

Sería una locura perseguir a Callie por un capricho sexual. Quería ser su amigo. Con ella había compartido la época más feliz de su vida. La conocía mejor de lo que conocía a su propia hermana, siete años menor que él. Había pasado más tiempo con Callie del que había pasado con su padre, médico del pueblo, o con su madre, profesora de escuela. Hasta que las hormonas empezaron a empujarlo en otra dirección, Callie siempre había estado a su lado. Con otras amistades había compartido los buenos y malos momentos, pero solo Callie se había acercado a sus verdaderos sentimientos y reacciones. Y él a los suyos. Juntos habían creado una dimensión adicional para cada situación. Risas, desafíos, descubrimientos, arrepentimientos...

El día anterior, por primera vez en años, había vuelto a sentir lo mismo.

La quería de nuevo en su vida. Quería esa chispa adicional para los momentos más vulgares. Y haría lo que fuera necesario para recuperarla. Pero no arruinaría su amistad, o la posibilidad de que esa amistad renaciera, por culpa de una atracción sexual.

Se había pasado la mitad de la noche reflexionando sobre esa decisión. Y la otra mitad imaginándose su cuerpo ardiente y desnudo entre sus brazos, mirándola a los ojos mientras le hacía el amor.

Aferró con fuerza el volante y respiró hondo. Otra vez la estaba deseando. Quería detener el camión y atraerla hacia él para besarla.

–¿Esto es para mí?

La pregunta le hizo desviar la mirada hacia ella. Callie sostenía en alto la bolsa de plástico que él había dejado en el asiento. Su aspecto era impecable y autoritario. Inabordable. Intocable.

–Sí –respondió–. Es para ti.

Ella sacó el contenido de la bolsa. Primero fueron los zapatos de piel, limpios de barro, aunque a uno le faltaba el tacón. Lo siguiente fue la blusa de seda.

–Has limpiado mis zapatos y mi blusa.

–No ha hecho falta limpiar la blusa. ¿Cómo tienes la herida esta mañana?

–Bien. Mucho mejor.

–¿Crees que debería echarle otro vistazo?

–¡No! –exclamó ella, horrorizada–. Pero gracias por tu interés –añadió, con voz más suave–. Y por limpiarme los zapatos. ¿Qué pasa con mi… –se aclaró la garganta y miró en el interior de la bolsa vacía, como si esperara que otra cosa se materializara– sujetador?

–Hubo que dejarlo en remojo. Ahora está en mi secadora.

–No tenías por qué lavarlo –dijo ella frunciendo el ceño–. Podrías haberlo metido todo en una bolsa para entregármela.

–No te gusta ver sangre, y anoche tenía que hacer la colada de todas formas –repuso él, encogiéndose de hombros–. No ha sido ninguna molestia.

Ella se mordió el labio inferior… Un gesto demasiado provocador por su parte, al atraer la atención a su boca sensual y contorneada cuando Jack estaba haciendo lo posible por no pensar en besarla.

Pero sabía lo que ella estaba pensando. A Callie no le gustaba la idea de que él tuviera su sujetador.

–¿Quieres que me pase por mi casa para recogerlo?

Aquella sugerencia no era particularmente del agrado de Callie. Jack casi podía oír la indecisión rugiendo en su interior: ¿deberían ir por el coche antes de que empezara a llover, o recoger el sujetador antes de que él hiciera algo atrevido con la prenda?

Ella se cruzó de brazos e hizo un gesto provocador con los labios.

–Eres muy manipulador, doctor Forrester.

–¿Por qué lo dices?

–Lo sabes muy bien. No debería estar contigo, y sin embargo aquí estoy. ¿Qué pretendes? ¿Influir en mi investigación, tal vez? ¿Desacreditarme?

–En realidad, mi intención es ayudarte con la investigación. No le administré el medicamento equivocado a Agnes, y me gustaría saber por qué demonios tuvo alucinaciones.

–¿Tienes alguna teoría al respecto?

–Ninguna que valga la pena mencionar.

–Me gustaría hacerte unas preguntas, pero tal vez no quieras responder sin el consentimiento de tu abogado.

–Puedes preguntarme lo que quieras.

Aunque Callie quería respuestas, se sentía extrañamente dubitativa. Lentamente sacó la grabadora del bolso y, tras pedirle permiso para encenderla, le pidió su versión de lo sucedido. Concordaba con la de Agnes, aunque Jack ofreció muchos más términos médicos.

–¿Estás seguro de que fue una reacción alérgica?

–Completamente seguro.

–¿Porque ella lo dijo?

–No, porque me aseguré de comprobarlo. Tenía la boca, la lengua y la garganta hinchadas. He tenido que realizar traqueotomías en situaciones similares, cuando los conductos respiratorios se bloquean. Una inyección suele aliviar los síntomas, como así sucedió en este caso. ¿Cómo es posible, entonces, que la medicación no fuera la adecuada?

Callie quedó sumida en un silencio pensativo. La única explicación posible era que Grant tuviera razón y la reacción alérgica de Agnes hubiera sido imaginaria.

–¿Dudas que tuviera realmente una reacción alérgica? –le preguntó él, mirándola con ojos entornados.

–Simplemente estoy haciendo de abogada del diablo –respondió ella. No tenía intención de compartir con él nada de lo que Grant hubiera dicho. Meg decidiría lo que Jack debía saber y cuándo–. Quiero comprenderlo todo con absoluta claridad.

–Pues entonces comprende esto. Sin la intervención médica se habría asfixiado.

–¿Eras su médico personal?

–No. Tierney jamás lo habría permitido.

–¿Agnes siempre acata la voluntad de Grant?

–Siempre. Tiene miedo de su temperamento… y con razón.

Callie recordó cómo Agnes había permanecido en silencio cuando Grant insistió en que su reacción alérgica había sido psicosomática.

«Te hará creer que es un santo y que yo soy el demonio», le había advertido Grant. ¿Era eso lo que intentaba hacer Jack? ¿Predisponerla contra Grant?

–¿Llevas muchos medicamentos en tu botiquín, doctor Forrester? –le preguntó, cambiando de tema.

–Algunos.

–¿Algunos de ellos podrían provocar alucinaciones?

–Eso es muy improbable.

–¿No te parece extraño que el hospital no le hiciera un análisis de orina en busca de sustancias para determinar el motivo de las alucinaciones?

–Debido a su edad hay otros factores a tener en cuenta en primer lugar. Como la herida en la cabeza. Le realizaron un escáner, una resonancia magnética, electrolitos, análisis de sangre y rayos X. Con las personas mayores hay causas naturales más probables que el abuso de drogas para las alucinaciones.

–Pero le pusiste una inyección justo antes de que empezara a tener alucinaciones. ¿No sería lógico relacionar las dos cosas?

–El antihistamínico que usé no provoca alucinaciones. Todo el personal médico lo sabe.

De nuevo estaban en el punto de partida. Callie apartó la mirada y se dio cuenta de que había empezado a llover. La carretera de Gulf Beach estaba a poca distancia, así que apagó la grabadora y volvió a guardarla.

–Si quieres hablar con el personal del hospital, puedes venir conmigo –le ofreció él–. Tengo que estar allí a la una para mi ronda de tarde.

–Gracias, pero prefiero ir por mi cuenta.

–Como quieras –repuso él, encogiéndose de hombros–. Lo decía porque quizá consiguieras más colaboración por parte del personal si yo te presento. Y si quieres hablar con algún testigo del picnic, mañana se celebrará uno al que asistirá todo el pueblo.

–Lo sé. Ya me han invitado.

–¿Tienes pensado ir?

–Es posible –respondió ella. No quería compartir sus planes con él.

–Irá casi toda nuestra banda. Robbie, Jimbo, Francine…

–¿Ahora se hace llamar Francine?

–Lo intenta. Aunque a veces la llamo Frankie sin darme cuenta.

La nostalgia invadió a Callie. Hacía años que no sabía nada de sus amigos de la infancia. Había intentado mantener el contacto, pero después de las primeras cartas y llamadas, su vida se había vuelto muy ajetreada.

–¿Quién te ha invitado al picnic? –le preguntó Jack.

–Agnes Tierney está intentando hacer de casamentera –respondió con regocijo–. Cree que yo sería perfecta para Grant, y me preguntó si me gustaría…

–¿Qué? –la palabra explotó en los labios de Jack más como una maldición que como una pregunta–. ¿Vas a ir con Tierney?

Callie parpadeó, sorprendida.

–Bueno, yo…

–Maldita sea, Callie. No lo hagas. Ni siquiera lo pienses.

–¿Cómo dices? –preguntó ella, atónita por su reacción.

–Tierney no es de fiar. Acaba lo que tengas que hacer y aléjate de él.

El desconcierto de Callie aumentó, al igual que su irritación. No había tolerado órdenes así del coronel, y no iba a tolerarlas con Jack.

–¿Estás intentando decirme con quién puedo hacer vida social y con quién no?

–Es por tu propio bien. He visto lo que Grant puede hacerle a una mujer, y…

–No seas tan paternalista conmigo, doctor Forrester. Puedo cuidar de mí misma. Y deja de pintar a Grant como a un villano. Me avisó de que lo intentarías.

Jack apretó los labios.

–Si vas con él, Callie, te juro que te apartaré de su lado aunque sea a rastras.

Callie se quedó boquiabierta.

–¡No puedes amenazarme con usar la fuerza! Haría que te detuvieran antes de que te dieras cuenta.

Él maldijo en voz baja, pisó el freno y giró bruscamente para dar media vuelta.

–¿Qué estás haciendo? –exclamó ella.

Jack no respondió. Tenía la vista fija en la carretera, la mandíbula fuertemente apretada y una vena palpitándole en la sien.

–Jack, la lluvia arrecia. Si has cambiado de idea con lo del coche, al menos…

–No te preocupes por la lluvia. Tendría que estar lloviendo a mares durante una semana para impedir que la grúa remolque tu coche –dijo él, sin parecer arrepentido por haberle hecho creer lo contrario–. Pero ahora tienes que ver una cosa, maldita sea.

La intensidad de su furia la asustó. Nunca lo había visto tan furioso. Jack sacó el camión de la carretera principal y tomó un camino de grava a través del bosque. El follaje no tardó en abrirse y Callie reconoció el paisaje ajardinado y la casa de madera sobre pilares de piedra.

La casa de Jack. Un pastor alemán se acercó al camión agitando la cola y con la lengua fuera. A Callie le recordó a Thor, el perro que Jack había criado desde que era un cachorro. Pero aquel no podía ser Thor. Una profunda melancolía la asaltó. Thor había sido la única mascota que había tenido en su vida.

Jack aparcó el camión en el garaje, junto a la casa, al abrigo de la lluvia torrencial. Acarició la cabeza del perro, al que llamó Zeus, y le abrió la puerta a Callie.

–Ven conmigo.

Ella no quiso discutir. Sentía curiosidad por conocer la razón de su enojo y por ver lo que tenía que enseñarle, de modo que lo siguió por los escalones de la entrada a una espaciosa habitación.

Nada más entrar se detuvo, impactada por el calor familiar. Nada parecía haber cambiado. Una inmensa chimenea de piedra dominaba la pared, rodeada por sillones y sofás. Un amplio mostrador separaba la reluciente cocina del rincón, que seguía albergando dos grandes frigoríficos. Uno siempre había estado lleno de comida, y el otro de bebidas. También seguía estando la mesa de madera con seis sillas, junto a una anticuada gramola.

En aquella mesa habían jugado a las cartas mientras escuchan música y bebían refrescos.

Tras la mesa, un ventanal ofrecía una vista espectacular de la playa y de las verdes aguas del Golfo de México. Una vista que a Callie le resultaba más familiar que la de su propio apartamento en Tallahassee.

Casi había esperado encontrarse a la madre de Jack, o a su padre, hermana o primos rodeando la esquina de los dormitorios o entrando desde el porche trasero con una calurosa sonrisa. Nadie apareció. Estaban solos.

Jack la hizo avanzar poniéndole una mano en el trasero, llevándola hasta al dormitorio principal.

También aquella habitación le produjo a Callie una sensación de nostalgia. En ella se habían reunido los amigos para ver la televisión, repantigados en los sillones, en el suelo enmoquetado o en la gran cama de matrimonio.

–Siéntate –le ordenó Jack, señalando la cama–. Por favor –añadió, suavizando el tono.

Ella dudó un momento, pero acabó cediendo y se sentó en el borde de la cama.

–¿Tus padres siguen viviendo aquí?

–No, les compré la casa. Querían algo más pequeño –explicó. Abrió un armario, sacó una caja y la puso en un sillón.

Callie observó con curiosidad cómo hurgaba entre los papeles y sobres. ¿Qué querría enseñarle? Algo relacionado con Grant Tierney, sin duda. Jack sacó unos sobres con fotos y se sentó en la cama junto a ella. Hojeó brevemente las fotos y arrojó algunas al regazo de Callie.

–Sois Grant y tú –dijo ella, sorprendida, examinando las fotos. Dos jóvenes sonreían y hacían payasadas ante la cámara. En las mesas había bandejas con refrescos y palomitas de maíz.

A Callie se le formó un nudo en el pecho. En ninguna otra parte se había sentido más en casa.

–Fuimos al mismo colegio universitario. Llegué a conocerlo muy bien. O al menos eso creía –dijo, tendiéndole otra foto. Era una foto de boda.

–Becky –murmuró Callie, admirando a la hermosa hermana de Jack. Era rubia como él, pero sus ojos eran grandes y azules–. ¡Y Grant! –exclamó al desviar la mirada hacia el novio.

–Se casó con él el mismo día que cumplió dieciocho años. Él tenía veintisiete. No pasó mucho tiempo antes de que empezaran los problemas.

–Si el matrimonio de tu hermana no funcionó, entiendo que le guardes rencor a Grant, pero preferiría no hablar de ello. No es asunto mío.

–Mira esto, Callie –le ordenó él con vehemencia, poniéndole una foto en las manos.

Al principio no reconoció a la mujer esquelética y demacrada de la foto. Pero enseguida se dio cuenta de que era Becky. Tenía el rostro pálido y macilento, profundas ojeras y una expresión de angustia y cansancio.

–¿Qué le pasó? –susurró Callie, horrorizada.

–Tierney. Eso fue lo que pasó. Después de la boda, se volvió patológicamente posesivo. Le prohibió mantener el menor contacto con su familia y sus amigos.

La retuvo como a una cautiva. Becky no se atrevió a contarle a nadie lo que estaba sufriendo, ni siquiera a mí. Después de dos años infernales, necesitó cuatro años de terapia para recuperar su vida normal.

Callie cerró los ojos, compadeciéndose de la chica a la que había querido como a una hermana. Le devolvió la foto a Jack sin saber qué decir ni qué pensar. La foto no demostraba nada. Y sin embargo, creía a Jack. Sabía que no mentiría sobre algo así. No podría volver a mirar a Grant Tierney con buenos ojos.

Pero la opinión negativa sobre él no podía influir en su investigación. Ella trabajaba para Meg y haría lo posible por ayudarla a preparar el caso. La vida personal de Grant no importaba.

–¿Dónde está Becky ahora?

–Vive muy lejos de aquí. No quiere que nadie de Point sepa dónde está. Teme que Tierney pueda averiguarlo y que vaya a buscarla.

–¿Crees que haría algo así?

–La estuvo acosando después del divorcio. Y también la amenazó. Dijo que nunca la dejaría marchar.

–Debió de ser terrible para ella –murmuró Callie–. ¿Y tú no… no hiciste nada? –le preguntó a Jack, temiendo la respuesta–. Para detenerlo o darle su merecido…

–Tierney no atendía a razones –respondió Jack–. Así que le di una paliza. Dejó de acosarla por un tiempo, pero me denunció por agresión. No consiguió nada porque no tenía pruebas ni testigos.

Ojalá no se lo hubiera dicho, pensó Callie. Una denuncia por agresión, aunque no prosperara, era la clase de trapos sucios que a ella le pagaban por reunir sobre él. Cualquier cosa para convencer al jurado.

—Después de que Becky lo abandonara, Tierney se casó con otra mujer –siguió Jack–. También acabaron divorciándose. Por lo que me han contado amigos comunes, la trataba igual que a Becky. Antes de que se casara por tercera vez, avisé a la novia.

—¿A la novia? –exclamó Callie–. Quieres decir… ¿en la misma boda?

—No había otra manera. No la conocía ni sabía cómo contactar con ella, pero no podía permitir que otra mujer se metiera en ese infierno. Esta mujer no sabía nada de las dos primeras esposas. Cuando se lo conté todo, anuló la boda y me pidió que la sacara de la iglesia y la llevara a casa.

—Grant debió de ponerse muy furioso.

—Un poco… –dijo él con una sonrisa sarcástica.

—Esa cicatriz –dijo ella, y levantó inconscientemente la mano para tocarle la línea quebrada de la mejilla–. Y tienes otra en el hombro –recordó–. La vi ayer, cuando te quitaste la camiseta. ¿Qué ocurrió? –le preguntó ella. De repente se sentía enferma e inexplicablemente furiosa… con él, con Tierney, con todo el mundo.

—Estas cicatrices no le importan a nadie.

—Supongo que son el resultado de alguna estupidez –espetó ella, levantándose–. Por Dios, Jack. ¿Cómo se te ocurrió detener la boda y marcharte con su novia? Tienes suerte de que no te disparara.

La expresión de Jack permaneció inalterable, y Callie lo miró con ojos muy abiertos.

—¿Lo hizo? ¿Te disparó?

Él frunció el ceño y se levantó.

—Por lo que a mí respecta, estas cicatrices no existen. No quiero volver a hablar del tema.

Obviamente había tocado una fibra sensible.

–Eres muy consciente de que existen, o no te importaría hablar de ellas –insistió–. Si tanto te molestan, ¿por qué no te las has quitado con cirugía?

–Maldita sea, Callie, no me molestan. Pero, ya que lo has mencionado, te diré que mis colegas cirujanos hicieron todo lo que pudieron.

Callie lo miró, profundamente consternada. No había querido insinuar que aquellas cicatrices le desagradaran. Únicamente le recordaban el peligro que había amenazado a Jack. Si los cirujanos habían hecho todo lo posible y esas cicatrices seguían siendo visibles, las heridas debían de haber sido muy graves.

–Por favor, cuéntame lo que pasó.

–El tema está zanjado.

–No quieres reconocer esas cicatrices ni contarle a nadie cómo te las hiciste porque no quieres admitir que te han marcado de manera permanente –dijo, y vio un destello de asombro en su mirada–. Las cicatrices no te han herido, Jack –insistió, sintiendo cómo se abría una grieta en su coraza–. Estoy segura de que las mujeres siguen locas por ti, como siempre. Incluso más aún.

–Déjalo, Cal –le advirtió él–. No necesito tu cháchara.

–¡Jack! –exclamó ella, sujetándole el rostro con las manos–. Tu odio hacia Tierney es horrible. No te lo guardes ni te niegues a hablar de ello, o te dejará una cicatriz mucho más grave.

Lo miró fijamente, con una preocupación sincera que surgía desde el corazón. Él pareció asimilar el mensaje, pero a un nivel mucho más hondo de lo que Callie había esperado con sus palabras. La tensión creció hasta un límite casi insostenible. Callie bajó las manos lentamente, temblorosa.

Jack respiró hondo y cerró los ojos.

—Por cargante que seas —susurró—, no puedo creer lo mucho que te he echado de menos.

Una cálida emoción se le extendió por el pecho a Callie, nublándole la visión. Quería decirle que ella no le había echado de menos, pero él sabría que estaba mintiendo. Quería darse la vuelta y evitarlo. Pero, por encima de todo, quería besarlo.

—No podemos ser amigos —dijo en voz baja y triste.

Él subió la mano y le acarició suavemente la curva de la mandíbula.

—Entonces, ¿qué podemos ser?

Callie no tenía respuesta para eso.

—Tomaré lo que pueda tener de ti —dijo él en un áspero susurro.

Sus miradas se intensificaron. Los fuertes dedos de Jack se entrelazaron en sus cabellos. Se inclinó y le tocó la boca con la suya. Un roce ligero, vacilante. Apenas un beso. Pero permaneció allí, manteniendo ese contacto etéreo, con los ojos cerrados y los latidos de su corazón pidiendo más en una súplica silenciosa.

Una corriente de sensualidad se le propagó desde los labios casi unidos hasta las profundidades más íntimas de su cuerpo. Aspiró lentamente, saboreando su calor masculino y su cercanía, hasta que la necesidad de recibir más la sobrepasó.

No supo quién se movió primero, quién comenzó el roce seductor de una boca contra otra, el intercambio de mordiscos y el baile de las lenguas. Una magia extraña y ardiente la poseyó. Se presionó más contra él, buscando la satisfacción de un repentino anhelo. Le rodeó los musculosos hombros con los brazos, hundió los dedos en su pelo y se abandonó al placer.

El beso se hizo más profundo y voraz. Un gemido ronco se elevó por la garganta de Jack al tiempo que una poderosa necesidad brotaba en su interior. Había fantaseado con aquello durante mucho tiempo. Con besar y saborear aquellos labios. Con abrazar a aquella mujer. Con hacerle el amor… Le deslizó las manos bajo la chaqueta y subió por los costados, ávido por sentir su suavidad. El gemido de Callie reverberó a través del beso, y sus caderas se mecieron en una sensual respuesta a las caricias. La sangre le hervía en las venas. Bajó las manos hasta su trasero y la levantó para apretarla más contra él.

–Jack –susurró ella contra su boca–. No estoy siendo justa contigo. Tengo que parar ahora, en vez de hacerte creer que hay alguna posibilidad de…

–Deja que yo me preocupe de lo que es justo –la atajó él. Volvió a besarla y ella lo recibió con un movimiento sinuoso de su cuerpo que lo hizo gemir.

–Me detendré enseguida –le avisó ella en un murmullo ronco.

Él la miró a sus brillantes ojos verdes y le mordisqueó el carnoso labio inferior.

–De acuerdo –dijo, y volvieron a unirse en otro beso intenso y apasionado.

Jack la presionó contra él de todas las maneras posibles. Necesitaba estar dentro de ella. A Callie se le escapó un débil gemido de placer, y la necesidad de Jack se avivó hasta convertirse en dolor. La tumbó sobre la cama y la besó en el rostro, la mandíbula y el cuello.

–Jack –pronunció su nombre en un susurro tembloroso, tendida bajo él–, entiendes que voy a parar, ¿verdad?

–No –respondió él, pasándole la lengua por la mandíbula, hasta alcanzar su oreja–. No lo entiendo.

Ella cerró los ojos y estiró provocativamente su cuello largo y esbelto.

–No puedo relacionarme contigo.

Jack se perdió en la fragancia floral de sus cabellos y en la esencia embriagadoramente femenina de Callie, tomándose su tiempo para saborear la textura de su piel. Ella le acarició la espalda y realizó pequeñas torsiones con su cuerpo, incitándolo aún más, y él le quitó la chaqueta y buscó los botones de la blusa. Por desgracia, la maldita prenda se abotonaba a la espalda. Frustrado, volvió a su boca y ella lo recibió con un beso tórrido y ferviente. Jack empezó a masajearle los pechos a través de la seda y el encaje, endureciéndole los pezones. Había visto sus pechos el día anterior. Se había pasado la mitad de la noche recordándolos. Quería llenarse la boca con ellos y…

–¡Jack! –exclamó ella con un grito ahogado cuando él llevó la mano a su espalda para desabrocharle la blusa. Sus ojos destellaban de sensualidad y su rostro ardía de color–. Estoy investigando una demanda contra ti. Nada de lo que digamos o hagamos podrá cambiarlo. Voy a recoger cualquier pedazo de información que pueda encontrar para manchar tu nombre y…

Él la hizo callar con otro beso, y ella empezó a debatirse frenéticamente, empujándolo y al mismo tiempo tirando de él. Una lucha sensual que pronto dio paso a la pasión compartida.

La mano de Jack la recorrió desde el pecho hasta el muslo. Ella se retorció como una gata a la que estuvieran acariciando, y él le subió la falda para palpar la ardiente suavidad del muslo.

–No, espera –jadeó ella, agarrándole la mano–. Tienes que escucharme. Antes te engañé, Jack. No solo voy tras la verdad de este caso. También busco los trapos sucios.

Le apartó la mano del muslo y volvió a bajarse la falda. Con su pelo oscuro y alborotado, sus labios húmedos e hinchados y sus ojos verdes brillando de emoción, estaba tan hermosa que hacía daño mirarla.

Y aún le haría más daño tener que soltarla y saber que no podría volver a besarla. Sería horrible ver cómo intentaba mancillar su nombre y su reputación.

Pero a lo largo de su carrera había aprendido a ignorar el dolor y cualquier otra emoción o esperanza que pudiera interferir en su trabajo. Y había aplicado esa habilidad profesional a todos los aspectos de su vida personal.

–¿Has dicho trapos sucios? –preguntó, arqueando una ceja–. Me encantan… –añadió, besándola en la barbilla.

Ella gimió y lo empujó en el pecho.

–No me estás tomando en serio.

Él se apoyó en el codo y la miró fijamente. Callie no se imaginaba lo equivocada que estaba. Él nunca se había tomado tan en serio a una mujer. Y tenía intención de hacer el amor con ella.

–Crees que eres muy dura, ¿verdad? –se burló, tirándole de un mechón ondulado.

–La verdad es que sí.

–Pues si eres tan dura, no importa lo que hagamos aquí, ya que nada tiene que ver con el caso.

–¿Harías el amor conmigo aun sabiendo que voy a intentar destruirte? –preguntó ella con el ceño fruncido.

A Jack se le aceleró el pulso solo de oírla.

–Sí.

–Y eso quiere decir… que tampoco significa nada para ti –murmuró, apartando la mirada.

Jack frunció el ceño. Él no había dicho eso. Le puso un dedo bajo la barbilla y le hizo mirarlo.

–Te lo dije antes, Callie. Tomaré lo que pueda tener de ti.

Sus miradas se encontraron y durante unos segundos nadie habló.

–¿Por qué?

No podría haberle hecho una pregunta más difícil. Jack no sabía qué responder. Se había convencido a sí mismo de que quería su amistad y de que una aventura sexual lo echaría todo a perder. Pero eso había sido antes de besarla. Antes de experimentar aquella pasión febril que sofocaba cualquier duda.

Le pasó el pulgar lentamente por los labios. Ella batió los párpados y ahogó un gemido. El pulso le latía fuertemente en la garganta. Jack sabía que le permitiría volver a besarla.

–¿Por qué no?

Ella pareció rendirse a su lógica y lo recibió a mitad de camino. Pero, tan pronto como sus labios se habían unido, el teléfono de la mesilla empezó a sonar. El sonido indicaba que se trataba de una llamada desviada desde su contestador. Una emergencia.

Jack cerró los ojos y reprimió una maldición.

Callie soltó una temblorosa exhalación y se desplomó en la cama. Salvada por los pelos. ¿En qué demonios había estado pensando? Había respondido ciegamente a la atracción y a su propio e irrefrenable deseo.

Tenía que salir de allí. Se levantó de la cama y buscó sus zapatos y el bolso.

–Cálmate. Respira hondo –le ordenó Jack. A Callie le costó un momento darse cuenta de que estaba hablando por teléfono–. ¿Respira?... Bien. ¿Está consciente?... Bien –sostenía el auricular entre el hombro y la oreja mientras se abrochaba la camisa y se metía los faldones en los pantalones–. No la muevas. Llamaré a una ambulancia… Sí, voy para allá.

Colgó y llamó para pedir una ambulancia y dar a los médicos la información sobre el paciente.

Callie se puso los zapatos, se arregló la ropa y se miró al espejo para retocarse el maquillaje y el peinado. El traje de lino estaba muy arrugado. ¡Había estado a punto de hacer el amor con Jack Forrester!

Intentó alisar las arrugas del traje. Tal vez debería regresar al hotel para cambiarse de ropa antes de continuar la investigación.

Entonces se dio cuenta de que no tenía coche. El Mercedes de su hermana seguía atrapado en el barro. Miró su reloj, esperando que Dee pudiera pasarse por allí para recogerla. Pero ya eran las doce y cuarto y Dee había dicho que no estaría disponible después del mediodía.

–La señora Sánchez se ha caído por las escaleras –dijo Jack al colgar–. Parece que se ha roto la cadera.

–¿La señora Sánchez? ¿La madre de Gloria?

–La misma. La mejor tortilla de guacamole de Point. Dudo que pueda volver a hacerla en una temporada –dijo él, haciendo salir a Callie de la habitación–. No tengo tiempo para sacar tu coche del barro ahora mismo. Te dejaría la grúa, pero Bobby Ray no quiere que nadie más la conduzca –se detuvo en el vestíbulo y la miró con incomodidad–. Tampoco puedo ofrecerte mi coche, porque tengo todo mi material médico en el

71

maletero y no sé qué voy a necesitar. Puedes quedarte aquí –le sugirió él–. Freddie y los Flounder vendrán de un momento a otro para preparar el picnic de mañana. Sus esposas no les permiten ensayar en casa, así que usan la mía. Un poco de música te animará la tarde.

–Mi tarde ya está bastante animada, gracias –dijo ella. No quería que nadie la viera en casa de Jack–. Prefiero no quedarme aquí.

–Entonces solo te queda una opción. Mi Harley.

–¡Tu Harley!

–Yo no te la recomendaría. Es muy grande y puede que te resulte muy difícil manejarla, sobre todo si está lloviendo… Aunque, por otro lado, ofrecerías una imagen muy interesante –añadió, mirándola de arriba abajo.

A Callie se le aceleró el pulso.

–No puedo llevarme tu Harley.

Él se encogió de hombros y sacó un paraguas del armario.

–Entonces, tendrás que venir conmigo.

Capítulo Cinco

Si hubiera sabido dónde vivía ahora la señora Sánchez, Callie habría recorrido a pie los ocho kilómetros hasta el hotel, bajo la lluvia y con tacones, antes que acompañar a Jack.

Pero se dio cuenta demasiado tarde que aquella llamada de emergencia los llevaría al barrio donde ella había crecido. Jack metió el deportivo por un estrecho camino asfaltado donde una fila de casas bordeaba el canal de la bahía. La casa de cedro y piedra en medio de la fila había sido la vivienda del coronel.

Cuando su madre vivía aquella casa le había parecido un hogar, aunque las estrictas reglas del coronel no hacían nada fácil la convivencia.

Se puso rígida en el asiento de cuero mientras el lujoso deportivo de Jack recorría lentamente el vecindario. Callie no había vuelto a pisar aquel barrio en doce años. Ni siquiera se había aventurado a acercarse, a pesar de que en muchas ocasiones había estado tentada de tragarse el orgullo y hacerle una visita a su severo padre.

Pero ya era demasiado tarde para eso. El coronel había muerto el año anterior.

–Había olvidado que vendríamos a tu barrio. La señora Sánchez vive cerca de la antigua casa del coronel.

Callie no dijo nada mientras pasaban frente al hogar de su infancia.

73

–Ahora viven en ella una pareja con tres niños.

A Callie le resultó reconfortante saberlo. Al menos aquella casa tenía vida. La presencia de una cama elástica, un triciclo y un balón de fútbol en el jardín delantero atestiguaban el cambio. El coronel nunca había permitido ningún juguete en su pulcro jardín.

–¿Alguna vez intentaste acercarte a él para arreglar las cosas? –le preguntó Jack.

A Callie se le formó un doloroso nudo en la garganta, dificultándole la respuesta.

–Unos meses después de marcharme lo llamé. Aceptó mis disculpas por… mi insubordinación.

–Entonces, ¿por qué no volviste a visitarlo?

–No me invitó –dijo ella, intentando mantener un tono ligero y despreocupado–. Nos visitó a Meg y a mí en Tallahassee un par de veces. Aunque más bien era una inspección –forzó una sonrisa–. Pero siempre que mencionábamos la posibilidad de visitarlo, alegaba tener otros planes.

Apartó la mirada para ocultar el dolor de su expresión. Su padre no la había querido en su vida.

–Oh, no pienses que nos abandonó por completo. Se ofreció a pagar nuestras facturas y nos dio algo de dinero, pero… –dejó la frase sin terminar. Nadie tenía por qué saber que había rechazado la ayuda económica. Había querido forzar a su padre a tomar una drástica decisión, igual que él había hecho con ella. O la aceptaba en su corazón o rompía todos los lazos. Su padre había cortado los lazos.

–Te enteraste de que se compró un bote pesquero, ¿verdad? –le preguntó Jack. Ella negó con la cabeza, incapaz de hablar–. Una barca preciosa. La tuvo durante cuatro años, pero tuvo que venderla al marcharse al extranjero –explicó–. Le puso de nombre *La Callie del Coronel*.

Callie lo miró, incrédula. ¿Su padre le había puesto su nombre a su barca?

–También tenía otro bote más pequeño al que puso por nombre *Lady Meg* –añadió Jack, aparcando a un lado del camino–. Algunas personas tienen miedo de amar, Cal, o no saben cómo hacerlo. Pero eso no significa que no sientan nada.

Ella desvió la mirada.

–Todo eso ya es historia –murmuró–. Ya no importa.

–Yo creo que sí.

–No quiero hablar de esto, Jack. Igual que tú tampoco quieres hablar de tus cicatrices.

–Me parece una excelente comparación –repuso–. Tierney me apuntó con una pistola. Yo intenté desarmarlo y se disparó –hizo una breve pausa–. Cuando estés lista para hablarme de tus cicatrices, estaré encantado de escucharte.

Sus cicatrices... Tenía unas cuantas.

–¿Es esta la casa de la señora Sánchez? –preguntó.

–Sí.

–La ambulancia aún no ha llegado.

–Estábamos a muy poca distancia. La ambulancia tardará otra media hora en llegar desde el hospital.

–¿Debería esperar en el coche? –preguntó.

–Puedes hacerlo, pero prefiero que entres –dijo él, tomando una bolsa negra de piel del asiento trasero–. Nunca se sabe qué ayuda puedo necesitar.

Callie sintió una punzada de satisfacción al pensar en que Jack podría necesitarla. Sorprendida por su repentina sensibilidad, lo siguió por el jardín. Una mujer menuda y morena salió de la casa para recibir a Jack.

Era Gloria. De joven había sido la niñera favorita de Callie y Meg. Ahora tenía casi cuarenta años y algunos kilos de más, pero seguía siendo la misma.

–Oh, doctor, qué bien que haya venido –dijo. Tenía los ojos enrojecidos y el rostro manchado de lágrimas–. No sabía que mamá estaba en las escaleras. Oí un golpe espantoso y entonces me llamó… Está-está ahí, y le du-duele mucho –balbució. Se cubrió los ojos con una mano y rompió a llorar.

Dos niñas pequeñas estaban en la puerta, sollozando. Del interior salió el llanto de un bebé.

Jack rodeó a Gloria con un brazo y entró con ella en la casa.

–Cálmate, Gloria. Estás asustando a los niños, y seguramente también a tu madre.

Gloria ahogó un gemido y dejó de llorar mientras se llevaba a las pequeñas. Jack atravesó el pequeño salón hasta el pie de las escaleras. Y Callie se mantuvo a una distancia discreta tras él, sintiéndose incómoda y entrometida, aunque nadie la había mirado siquiera.

Jack se arrodilló junto a la mujer que yacía de costado, vestida con una túnica descolorida. Aunque guardaba silencio estoicamente, respiraba en jadeos superficiales y tenía la frente perlada de sudor. Miró a Jack con sus ojos negros, llenos de dolor.

–Rosa, Rosa, ¿no te dije que no bailaras el chachachá en las escaleras? –la reprendió él con una tierna sonrisa mientras la examinaba–. ¿Dónde te duele?

Ella murmuró una respuesta. Jack le hizo más preguntas y se inclinó para examinarla más detenidamente.

Sonó un teléfono y el bebé volvió a chillar desde una habitación al fondo. Gloria se llevó a las niñas y a un niño mayor a la cocina, y Callie se aventuró a seguir el llanto del bebé hasta un dormitorio. Encontró al pequeño en una cuna, con las manos regordetas aferradas a los bordes y las mejillas mofletudas cubiertas de lágrimas. Callie le sonrió y le murmuró un cariñoso saludo. El bebé alargó los brazos hacia ella. Absurdamente complacida, lo tomó en sus brazos y los llantos se calmaron al instante. El pequeño se acurrucó contra ella con inocente dulzura.

Callie pensó en los hijos de Meg, de ocho y nueve años. Había estado demasiado inmersa en su trabajo para pasar tiempo con ellos. No podía arrepentirse por ello ahora. Su trabajo le permitía construirse un futuro y asegurar su independencia. Nada era más importante que eso. Pero mientras sostenía al bebé y presionaba la mejilla contra su cabecita, deseó haber pasado más tiempo con sus sobrinos.

La sirena de una ambulancia se oyó a lo lejos, y fue creciendo en intensidad hasta que se detuvo en el exterior de la casa. Callie salió al pasillo y miró en el salón, que ahora estaba atestado de hombres uniformados. Jack permanecía junto a Rosa y les daba instrucciones a los enfermeros.

Gloria se abrió camino entre el bullicio y se acercó a Callie.

–¿Callie? ¿Callie Marshall? ¿Eres tú?

Ella se había preguntado si Gloria la reconocería. Apenas tuvieron tiempo de intercambiar unas cuantas palabras antes de que el nieto de Gloria le tirara de la falda vaquera y amenazara con vomitar. Gloria lo llevó corriendo al cuarto de baño, seguidos por el otro niño. Estimulado por la actividad frenética, el bebé que Callie tenía en brazos empezó a retorcerse y a protestar para que lo soltara. Callie intentó mantenerlo firmemente sujeto, y pronto se dio cuenta de que necesitaba un pañal limpio. Fue al cuarto del pequeño, encontró la bolsa de los pañales y puso al niño en la mesa para cambiarlo. Mientras luchaba por sujetar al pequeño juguetón, un par de manos grandes y bronceadas la rodearon, agarraron las caderas del niño y pegaron el adhesivo del pañal.

Acorralada entre los brazos masculinos y un pecho musculoso, giró la cabeza y se encontró con los ojos avellana de Jack.

—Podría haberlo hecho yo sola.

—Claro que sí —dijo él. Puso un aro de plástico en las manos del bebé, quien soltó un chillido de regocijo y cesó en sus intentos de escapar.

Callie levantó al pequeño en brazos y fulminó a Jack con la mirada.

—¿Quieres borrar esa sonrisa de tu cara?

—¿Qué sonrisa?

—Esa sonrisa que dice...

—Está babeando en tu hombro.

—No es eso lo que iba a... ¡Oh! —exclamó al ver la mancha de humedad que se le extendía por el traje. Se echó a reír y abrazó con fuerza al bebé—. Bueno, ya había echado a perder este traje de todas formas.

Jack la miró con sorpresa y luego miró al bebé.

—Llevo dos días intentando arrancarle una carcajada a esta mujer, amigo. Y tú lo has conseguido en menos de una hora. Tendré que recordar el truco de la baba.

—No creo que te saliera tan bien como a él —dijo ella, volviendo a reírse.

—Oh, oh —murmuró Jack—. Ahora le estás mordiendo el hombro. Estás invadiendo mi territorio, pequeño amigo…

Callie se sintió ridículamente invadida por una intensa ola de calor, y antes de que pudiera reprender a Jack, él la miró y le dedicó una sonrisa tan cautivadora que la dejó sin habla.

–¿Se pondrá bien, doctor? –los interrumpió Gloria–. ¿Mamá se ha roto la cadera?

–Parece que se la ha dislocado. Pero quiero hacerle unas pruebas en el hospital para asegurarme. Ahora se la llevarán en la ambulancia, y yo iré con ella.

–Muchas gracias, doctor –dijo Gloria–. No puedo ir al hospital hasta que mi marido vuelva del trabajo.

Callie siguió a Jack con el bebé en brazos mientras él respondía a las preguntas de Gloria intentando tranquilizarla. Cuando salieron al jardín delantero, Gloria tomó al bebé y le dio las gracias a Callie.

–Espero no haberte estropeado tus planes para hoy –le dijo, mirándolos a los dos.

–Oh, no teníamos ningún plan –se apresuró a responder Callie–. Quiero decir… no tenía ningún plan. Solo son asuntos de trabajo. Por eso estoy aquí. Con Jack, me refiero. No estamos… él no…

–Me alegra que me hayas llamado, Gloria –interrumpió Jack–. Esta tarde tengo que estar en el hospital. Le echaré un ojo a tu madre durante un par de días.

Gloria volvió a darle las gracias y se dirigió hacia la ambulancia, donde los médicos estaban levantando a su madre en una camilla.

–Llévate mi coche, Callie –dijo Jack–. No lo necesitaré. Estaré toda la tarde ocupado en el hospital. Le pediré a alguien que me lleve a casa cuando acabe de trabajar y sacaré tu coche del barro.

–No tienes por qué hacerlo –le aseguró ella. No quería que perdiera tiempo con su coche, teniendo tantas cosas que hacer en el hospital–. Ya encontraré a alguien que lo haga.

–Lo haré yo. Esta noche. No sé a qué hora, pero te llevaré tu coche al hotel y allí cambiaremos de vehículos.

–No, llamaré a Bobby Ray Tucker. Tal vez pueda pasarse por tu casa e ir a buscar mi coche con la grúa.

–Se ha ido con su familia a pasar fuera el fin de semana. Por eso me prestó la grúa –explicó él. Abrió la puerta de su coche y le tendió la llave–. Dame la llave de tu coche. Lo remolcaré hasta mi casa, allí dejaré la grúa y te llevaré el coche al hotel.

A Callie no le quedó más remedio que aceptar su oferta. Le dio la llave y se sentó al volante.

–Odio causarte tantos problemas. Cuando acabes de trabajar en el hospital estarás muy cansado.

–Te cobraré por las molestias ocasionadas –dijo él con una sonrisa–. Una pequeña tarifa… Dos besos.

–¿Qué?

Él se inclinó y la besó ligeramente en la boca.

–Te veré esta noche –susurró, y antes de que ella pudiera reponerse, le cerró la puerta del coche y se alejó hacia la ambulancia. A mitad del camino la miró por encima del hombro–. Me queda un beso por cobrarme.

Callie pulsó el botón para bajar la ventanilla y decirle que se olvidara del asunto, pero él ya se había subido a la ambulancia, que se alejó a toda velocidad. Entonces se dio cuenta de que Gloria estaba de pie en el césped, sosteniendo al bebé mientras la miraba con curiosidad.

–¿Estás saliendo con el doctor Forrester?

–¡No! De ningún modo.

–Nunca me ha cobrado ese tipo de tarifa –dijo Gloria con un brillo de regocijo en los ojos.

–Se está comportando de un modo deliberadamente impertinente –murmuró Callie, poniéndose colorada–. Ya sabes cómo es. Siempre tonteando con las mujeres.

–Cierto –corroboró Gloria con una carcajada.

A Callie no le hacía ninguna gracia, aunque no sabía por qué. Introdujo la llave en el contacto y miró a Gloria a través de la ventanilla abierta.

–Creo que deberías saber que no he venido a Point de visita. Estoy investigando una demanda.

–¿La demanda de Grant Tierney contra el doctor Forrester?

–En realidad es la demanda de Agnes.

–Todo el mundo sabe que es cosa de Grant –dijo Gloria. Le dio una palmadita al bebé en el hombro y le sonrió amistosamente a Callie–. Jack es demasiado buen médico para cometer un error como el que Grant quiere atribuirle. Espero que demuestres que todo es una farsa.

–Gloria, mi trabajo no… no es desmentir la acusación –explicó Callie con voz vacilante. Odiaba admitir que ella y su hermana trabajaban para los Tierney–. Tengo que reunir todas las pruebas que pueda conseguir, sin importar a quién beneficien.

–Naturalmente. Tienes que ser objetiva. Cualquier buen investigador lo es. Pero me alegro de que estés investigando tú el caso, en vez de alguien pagado por Grant Tierney.

Callie pensó si sería prudente dar más explicaciones.

–Avísame si puedo ayudarte en algo –se ofreció

Gloria–. Estoy segura de que todos en Point querrán ayudar al doctor Forrester en todo lo que puedan.

–Gracias –respondió Callie, reprimiendo el deseo de interrogarla.

–Yo estaba en el picnic cuando todo ocurrió.

–¿Viste cómo Jack le ponía la inyección a Agnes?

–No, ni siquiera supe que se la había puesto. Pero estuve sacando fotos todo el día.

–¿Fotos?

–Siempre estoy sacando fotos. No sé si alguna te podrá ayudar, pero ¿te gustaría verlas?

Gloria se pasó una hora con Callie, enseñándole las fotos del picnic y dándole las copias, los negativos o cualquier cosa que necesitara. Una foto mostraba a Jack junto a un árbol y con una cerveza en la mano. Aquello podía probar que había estado bebiendo antes de atender a Agnes, pero Callie no sintió ninguna satisfacción y pensó en ignorar la foto.

Se obligó a quedársela. El trabajo era el trabajo. Gloria también le entregó fotos de Jack en otros picnics. En una estaba sentado en una motocicleta negra con una chaqueta de cuero, vaqueros desteñidos y una barba incipiente. Parecía más un motero rebelde que un cirujano.

Otra foto lo mostraba con el torso desnudo entre dos mujeres en biquini. Uno de sus amigos le había colgado un estetoscopio al cuello, explicó Gloria con una carcajada. Bajo la foto había escrito «el doctor Forrester trabaja duro».

Aquellas fotos eran idóneas para ponerlo en contra de un jurado… todo lo contrario a la imagen profesional que a su abogado le gustaría defender en el juicio. Gloria creía que Callie quería las fotos para recordar los viejos tiempos, ya que en casi todas ellas aparecían sus amigos de la infancia. No fue hasta que volvió al hotel cuando a Callie empezó a remorderle la conciencia.

¿Qué le estaba pasando? Solo estaba haciendo su trabajo, buscando pistas y reuniendo pruebas. Entonces, ¿por qué se sentía tan culpable?

Sentada junto al teléfono en su habitación, se imaginó cómo se sentiría Gloria cuando descubriera la verdad. Traicionada. Pensó en llamarla y confesar su verdadero papel en el aquel caso. No era prudente, pero tenía que decírselo. Tal vez si le confesaba la verdad a ella misma no le parecería una traición tan horrible.

Respiró hondo y marcó el número. El cálido saludo de Gloria solo hizo que la confesión resultara más difícil. Aferrando el auricular con fuerza, Callie le explicó todo lo que no le había contado antes... que su hermana Meg estaba representando a Grant Tierney en aquel proceso y que ella misma había sido contratada por Meg.

—Pero has venido a mi casa con el doctor Forrester —dijo Gloria—. Vi cómo te besaba. ¿Cómo puedes estar trabajando contra él?

—Sé que parece extraño, pero...

—¿Sabe él lo que estás haciendo? —le preguntó Gloria con voz cortante.

—Sí, claro que lo sabe. Pero dice que no ha hecho nada malo y que la verdad se acabará sabiendo. Gloria, ¿quieres que te devuelva las fotos? —le preguntó Callie, casi esperando que se las pidiera.

—¿Las fotos? —repitió Gloria, alarmada—. No sirven para perjudicar al doctor Forrester, ¿verdad?

—No estoy segura —respondió Callie.

El silencio de Gloria la afectó más que cualquier reproche.

–Haz lo que consideres oportuno –dijo finalmente Gloria–. Si tu idea es apuñalarlo por la espalda, sacarás copias antes de devolvérmelas. Aunque no creo que las utilices contra él.

Colgó sin despedirse.

Callie se sintió peor que antes, pero enseguida lo pensó mejor. Habría sido una locura devolver las fotos. No podía dejar que los asuntos personales interfirieran en su trabajo, de modo que metió las fotos en su maletín y llamó a un par de testigos de la lista para ir a visitarlos después de la cena. También concertó una reunión con el personal del hospital para el martes. A continuación, se dirigió con el coche de Jack al juzgado del condado, donde pasó el resto de la tarde buscando informes de otras demandas contra él. No pudo evitar una gran sensación de alivio cuando no encontró nada. Furiosa consigo misma por sentirse aliviada, cenó en un pequeño café y luego fue a casa de Sally Babcock para su primera cita.

Alguien debía de haber avisado a Sally de las intenciones de Callie, pues la saludó con inconfundible frialdad y le habló de la magnífica atención que el doctor Forrester le había brindado a su hijo tras un accidente, cómo había ayudado a nacer a su nieto cuando no pudieron llegar al hospital a tiempo y cómo a ella le había diagnosticado un problema de salud del que nadie se había percatado. Solo hubo una pregunta para la que Sally no estaba preparada: ¿había gambas en la sopa del picnic?

La respuesta fue negativa, lo que daba credibilidad a la hipótesis de Grant sobre las reacciones imaginarias de Agnes. Aquello implicaba que la inyección de Jack había sido innecesaria, y abría la puerta a la especulación sobre el medicamento usado. No eran buenas noticias para Jack.

Callie no permitió que nada la afectara. Guardó la grabadora en su maletín y fue a visitar al siguiente testigo, quien no le dijo nada que fuera de utilidad. Volvió al hotel a las ocho en punto, preguntándose si Jack estaría esperándola. Al no verlo allí, se sintió decepcionada y aliviada a la vez. No quería verlo tras haber pasado el día reuniendo pruebas contra él. Por otro lado, quería recuperar su coche y devolverle las llaves del suyo, y acabar así con todo contacto personal entre ellos.

Tras soltar el maletín y quitarse los zapatos, se tumbó en la cama y pensó en la inminente visita de Jack. Lo saludaría en la puerta del hotel, intercambiarían las llaves de los coches y se despediría de él. Quizá entonces su precario estado emocional volviera a la normalidad y pudiera hacer su trabajo sin tantas dudas y escrúpulos. Y de ningún modo le pagaría con ese beso que quedaba pendiente de cobro. Solo de pensarlo se le aceleraba el corazón.

Cerró los ojos y se deleitó con el recuerdo de sus besos. Nunca había sentido una pasión tan embriagadora. Una pasión que la transformaba en un ser puramente sensual y que la obligaba a olvidarse de todo.

Se sentó en la cama y se pasó los dedos por el pelo. No podía pensar en Jack Forrester de esa manera. Si lo recibía en la entrada del hotel, no habría ningún peligro. No podía haber nada personal entre ellos.

Mientras lo esperaba, organizó sus notas y planchó la ropa. A las diez encendió la televisión, pero su aten-

ción seguía en otra parte. Una tarifa de dos besos…
¿Cómo se podía ser tan arrogante?

Las once en punto, y Jack seguía sin aparecer.

Tal vez había tenido que ocuparse de otra emergencia. O tal vez había encontrado otra cosa mejor que hacer para la noche del viernes. Callie intentó no pensar en qué cosa podía ser.

Apagó la televisión y se paseó por la habitación. El reloj dio las doce. Las doce y media… Callie apretó los dientes. Jack le había prometido ir y había roto su promesa. Tenía derecho a estar furiosa con él. Casi había olvidado lo indigno de confianza que era. Al día siguiente, en el picnic, interrogaría a cualquiera que pudiese ayudarla en el caso. Seguiría todas las pistas que pudiera, se reuniría con el personal del hospital y regresaría a Tallahassee sin el menor remordimiento.

Se dio una ducha, se cepilló los dientes y se puso un camisón. Al retirar la colcha, oyó un ruido que la hizo detenerse. Algo había golpeado la ventana.

Volvió a oírse un ruido semejante, y Callie se acercó a las puertas que daban al balcón. Mientras escudriñaba la oscuridad, un objeto golpeó el cristal.

De repente lo comprendió. Cuando eran niños, Jack arrojaba piedras a la ventana de su dormitorio por la noche. Ella se escabullía de casa y los dos se iban a correr aventuras nocturnas… buscando cangrejos en la arena o pescando en los muelles privados.

Jack había arrojado piedrecitas a la ventana de Meg. Callie había permanecido despierta, escuchando cómo su hermana salía furtivamente de casa y preguntándose qué aventuras compartiría con Jack. Dudaba que fueran a buscar cangrejos. Ahora se daba cuenta de que había estado resentida con Meg. Y dolida porque Jack hubiera elegido a su hermana. Al entrar en la adolescencia ella había deseado que la besara y que la quisiera más que como a una amiga. Pero él había preferido a su hermana mayor y más guapa.

Después de todos esos años, aún no había perdonado a Jack. ¿Habría besado a Meg con la misma pasión con que la había besado a ella aquel día? ¿Le habría susurrado tonterías que la hicieran sentirse como si fuera la única mujer en el mundo? De ser así, no podía culpar a Meg por creer que él estaría siempre dispuesto a ayudarla.

Otro guijarro golpeó el cristal y un silbido suave sonó en la noche de septiembre. Era otra señal que habían usado de niños.

Callie se cruzó de brazos. No abriría las puertas. Ni en un millón de años. Sabía a qué había venido Jack. A cobrar el beso pendiente.

Una corriente de calor se le arremolinó en el estómago.

Otra señal alcanzó sus oídos… La señal que Jack se había esforzado tanto por perfeccionar. Aunque su intención era parecer el canto de un ave exótica, a Callie siempre le había parecido un chimpancé herido.

Una involuntaria sonrisa curvó sus labios. Si seguía haciendo ese ruido conseguiría que todos los huéspedes del hotel salieran a los balcones.

El chimpancé volvió a llamarla, y Callie puso una mueca de exasperación. Aquel hombre era tan desvergonzado como enervante y atrevido.

Abrió las puertas del balcón para decírselo.

Capítulo Seis

—¡Shh! Lárgate —susurró Callie, abriendo las puertas lo suficiente para asomar la cabeza—. Vas a conseguir que todo el mundo salga en busca del chimpancé.

—¿El chimpancé? —repitió él con voz profunda y suave desde algún sitio bajo el balcón—. ¿Es que no reconoces a un ave exótica cuando la oyes?

Callie se mordió el labio para reprimir una carcajada.

—¿Alguna vez te han dicho que eres desesperante?

—Sí. Una amiga llamada Callie Marshall. ¿La conoces?

—¿Cómo sabías qué habitación era la mía? —le preguntó para cambiar de tema.

—Se lo pregunté ayer a los hijos de Dee.

—Vete, Jack.

—Baja. Te he traído el coche.

—Podemos cambiar los coches por la mañana.

—Necesitaré el mío esta noche, por si acaso me llaman para una emergencia. Siento haber llegado tan tarde. El único que podía llevarme a casa era el viejo Walt, de mantenimiento, y su turno no acabó hasta las once. Además, tuve que pararme a lavar tu coche con la manguera después de haberlo sacado del barro. Pensé que no querrías conducirlo en ese estado.

Una mezcla de gratitud, culpa y otras emociones difíciles de nombrar la hicieron salir al balcón, donde buscó la presencia de Jack a la luz de la luna. Necesitaba verlo. Lo había juzgado mal. Jack no solo había cumplido su palabra, sino que se había tomado más molestias de las necesarias para ayudarla después de una larga jornada en el hospital.

–Gracias por traerme el coche –dijo, apoyándose en la barandilla–. Pero no tenías por qué lavarlo.

–Quería hacerlo –respondió él, moviéndose en las sombras para que pudieran verse más claramente.

A Callie le dio un vuelco el corazón al verlo tan alto y varonil, con sus anchos hombros y las piernas separadas. El pelo le relucía a la luz de la luna, y sus susurros adquirían una sensual aspereza en la noche veraniega.

–Tenemos que intercambiar las llaves de los coches, Cal. Baja.

Ella tragó saliva, sabiendo que Jack quería algo más que la llave. Se sentía terriblemente tentada.

–Puedes tirármela aquí y yo dejaré caer la tuya.

–Está muy oscuro. Podría perderse en la hierba.

–Entonces tendrás que esperar hasta mañana.

–Tengo una idea mejor.

Ella vio cómo agarraba un banco del jardín y lo colocaba bajo el balcón.

–¿Vas a subirte al banco para que te dé la llave?

Al cabo de un breve silencio, oyó un ruido sordo, una maldición ahogada y el roce de unas botas contra la pared de ladrillo.

–No estarás intentando subir aquí, ¿verdad? –dijo con aprensión–. Será mejor que no lo hagas –añadió, y soltó un grito cuando las manos de Jack se aferraron a la barandilla y sus alborotados cabellos rubios aparecieron ante ella–. Estás loco –susurró, inclinándose sobre él–. Alguien te verá y llamará a la policía. Te caerás y te romperás el cuello. Te… oh, Dios mío.

Con el corazón desbocado por la angustia, retrocedió mientras Jack se encaramaba a la barandilla y plantaba sus botas en el balcón.

–No creías que podría hacerlo, ¿verdad? –dijo con una sonrisa torcida.

Ella sintió deseos de estrangularlo.

–Podrías haberte quedado en el banco y yo te hubiera dado la llave.

–Vaya, no se me había ocurrido –dijo él sin dejar de sonreír.

Callie soltó un resoplido.

–¿Te das cuenta de los problemas que tendrías si llamara a la policía?

Jack se apoyó indolentemente en la barandilla. Llevaba vaqueros y camiseta negros, y con su pelo alborotado alrededor de su atractivo rostro parecía un ladrón.

–Adelante. Denúnciame.

–Debería hacerlo.

Su mirada ambarina le recorrió el rostro, y la sonrisa de Jack fue borrándose a medida que su mirada absorbía el resto de Callie, que sintió su cálido escrutinio por todas partes, como si fuera una caricia. Cruzó los brazos al pecho para detener aquella seducción silenciosa y se rodeó los brazos desnudos con los dedos. La camisola de satén apenas cubría las braguitas, dejándola atrevidamente expuesta. Los finos tirantes se habían deslizado de sus hombros, y aparte de un borde de encaje las piernas y los muslos estaban desnudos. Y sin embargo, estar al descubierto le infundía una arrobadora sensación de poder.

Jack volvió a mirarla a los ojos.

–¿Desde cuándo eres tan condenadamente hermosa?

Callie sintió que se abrasaba bajo la piel. Jack la estaba consumiendo con la mirada, incitándola a exhibirse aún más. La afectaba con demasiada facilidad.

–Iré a por tu llave –dijo, y se giró llena de pánico.

Él se movió para bloquearle el paso, pero fue su mirada lo que la detuvo.

–Antes quiero cobrarme el resto del pago –susurró.

A Callie se le formó un nudo en la garganta.

–No sé a qué pago te refieres.

–Un beso –dijo él con una sonrisa, aunque su mirada seguía siendo seria e intensa–. Me debes un beso.

–En ningún momento acepté pagarte con un beso.

–Claro que sí –replicó él. Le acarició la mejilla y hundió la mano en sus cabellos, provocándole el deseo de recibir más–. No con palabras, pero sí con tus ojos… –añadió, trazando una línea sensual junto a la boca–. Bésame, Callie –le pidió–. Por favor. Llevo pensando en esto toda la noche.

Un deseo traicionero la recorrió. Quería ceder al impulso, pero ambos sabían que no sería solo un beso. Tenía que obligarse a recordar las razones por las que no podía intimar con él… El caso de negligencia. Su propia reputación profesional. Y las traiciones del pasado.

–Entonces… ¿te parezco hermosa ahora, Jack?

Él cerró los ojos y le rozó el labio con la boca.

–Sí… Y si te estás preguntando por qué creo que eres hermosa, debo decir que mi criterio está basado en una reacción puramente física. Nunca he visto a una mujer más hermosa –le aseguró en un vehemente susurro.

Ella respiró hondo y se apartó de él. La camisola se le ceñía a los pechos, elevándose sobre sus braguitas.

–¿Le decías las mismas cosas a Meg?

–¿A Meg?

–Shhh –lo hizo callar Callie, tapándole la boca con una mano cuando la luz del balcón superior se encendió.

Se oyeron unas voces murmurando, y Callie miró a Jack con los ojos muy abiertos para obligarlo a permanecer en silencio. Él le rodeó la cintura con el brazo y la hizo entrar en la habitación, cerrando las puertas tras ellos.

–No hagas ruido –susurró ella–. No quiero que nadie sepa que estás aquí.

Él asintió, aunque no le importaba quién pudiera oírlos.

–¿Por qué me has preguntado por Meg? –le preguntó en voz baja.

–¿Le decías que era la mujer más hermosa que hubieras visto en tu vida?

–No pensaba eso de Meg.

–¿Ah, no? Ella creía que sí lo pensabas.

Jack se quedó momentáneamente sin palabras y levantó las manos en un gesto de súplica.

–¿Qué estás intentando decirme, Callie?

–Le rompiste el corazón a Meg.

–¿Qué? –espetó él, absolutamente perplejo.

–La usaste y luego te deshiciste de ella.

Jack se dejó caer en un sillón cercano y la miró en silencio mientras intentaba asimilar el impacto de aquella acusación. Entonces se frotó los ojos y soltó una silenciosa carcajada.

–¿Por eso me desprecias? –preguntó, volviendo a

levantarse–. ¿Porque crees que le rompí el corazón a Meg?

–No te hagas el sorprendido –dijo ella, encarándolo con las manos en las caderas–. Es mi hermana, Jack. ¿Te acuerdas de cómo te sentiste por Becky?

–Sí.

–Así me siento yo por Meg.

Jack comprendió finalmente la magnitud de su enfado. Apretó los dientes con frustración. No podía permitir que Callie pensara lo mismo que él pensaba de Grant Tierney.

–Callie, te juro que nunca hubo nada serio entre Meg y yo –le dijo con total sinceridad.

–Ahí quería llegar –replicó ella con la voz quebrada–. Dices que no hubo nada serio entre vosotros, pero algunas mujeres se toman las cosas más en serio que tú, Jack. Como Meg y yo.

–Crees que me acosté con ella, ¿verdad?

Aquella pregunta la pilló por sorpresa.

–No… no es asunto mío.

–¿Te dijo Meg que me había acostado con ella?

–¡Claro que no! Meg nunca me hablaba de esas cosas. Yo era su hermana pequeña. Pero no soy estúpida. Si un semental como tú iba a buscarla en mitad de la noche, dudo que fuera para buscar cangrejos.

–Un semental como yo –repitió él tranquilamente. El tono cortante de Callie dejaba muy claro que no se lo había dicho como un cumplido–. Crees que la persuadí para que saliera de casa, le llené la cabeza de falsos halagos y la convencí para que nos acostáramos, ¿no?

–¿No fue así?

Jack la miró en silencio por unos segundos llenos

de tensión, furioso porque tuviera esa opinión de él. Pero entonces recordó el adolescente con las hormonas revolucionadas que había sido y soltó el aire en una prolongada exhalación.

–Lo intenté –admitió con una amarga carcajada–. Lo intenté por todos los medios –añadió. Se apartó de Callie y se frotó la nuca.

–¿Me estás diciendo que Meg te rechazó? –lo presionó Callie–. No me lo creo, Jack. Mi hermana estaba tan loca por ti que hubiera hecho cualquier cosa.

–Sí –afirmó él, asintiendo–. Siempre me gustó eso de Meg.

Los ojos de Callie destellaron.

–También me gustaban sus ojos –murmuró, observando los de Callie–. Eran muy parecidos a los tuyos, salvo que no eran verdes…

–Azules –dijo Callie.

–También me gustaba su voz. Suave y femenina. Igual que la tuya… cuando eres simpática –dijo, acariciándole la tensa mandíbula con el pulgar.

Ella apartó el rostro de su tacto, pero él le clavó la mirada, decidido a explicarle.

–Lo que más me gustaba de ella era su boca, Cal… ¿Sabes por qué?

–No creo que necesite saberlo.

–Porque me recordaba a la tuya –respondió él con un ronco susurro.

Una expresión de sorpresa y aturdimiento desplazó el dolor de los ojos de Callie. Jack bajó la mirada a su boca, tan suculenta y apetitosa que tuvo que contenerse para no devorarla.

–El único problema era que besarla no se parecía en nada a lo que imaginaba que sería besarte a ti.

94

Callie pareció quedarse sin respiración.

–Nunca hice el amor con ella, Cal. Nos quedábamos en el asiento trasero de mi coche, pero nunca llegué tan lejos. Sabía que no estaba siendo justo. No era Meg a quien estaba besando.

En el silencio que siguió solo se oyeron los latidos de su corazón. Y tal vez los latidos de Callie. Ella se sentó en el sofá, junto a la chimenea, y dobló las piernas bajo el cuerpo.

–¿Me estás diciendo que pensabas en… mí? –susurró–. No me lo creo. Ni siquiera parecías darte cuenta de que yo era una mujer.

–Tú parecías preferirlo así –repuso él–. Llevabas el pelo tan corto que no te hacía falta peinarlo. Te habrías muerto antes que llevar un vestido. Nunca te maquillabas ni lucías joyas. Lo tuyo eran las camisetas, los vaqueros y una vieja gorra de béisbol –se detuvo ante ella y se rio con nostalgia–. Y maldecías como cualquier chico. Siempre tenías los codos y las rodillas magullados de escalar rocas o montar en bici. Y cuando alguien te hacía enfadar, no dudabas en atizarlo.

–Sí, bueno… –murmuró mientras evitaba su mirada–. A eso me refiero. Me veías como a uno de los chicos, así que…

–Yo no he dicho eso –la interrumpió él, sentándose a su lado en el sofá. Presionó la rodilla contra sus piernas dobladas y desnudas y sintió la suavidad de su piel a través de los vaqueros–. Había momentos en los que no podía evitar fijarme en que no eras uno de los chicos.

–¿Cuándo? –preguntó ella, mirándolo con una extraña expresión de vulnerabilidad.

Él dudó un momento. Le resultaba difícil admitir esos secretos que siempre le había ocultado.

–Como cuando tomabas un cucurucho de helado.

–¿Un cucurucho de helado?

Jack reprimió una sonrisa y se relajó en el sofá, extendiendo el brazo a lo largo del respaldo, junto a la nuca de Callie, y empapándose de su olor y belleza.

–Tenías una manera de saborear el helado que mé hacía… mirarte –confesó–. Sobre todo tu boca. A veces la imaginaba durante toda la noche. Y pensaba en cómo sería besarte.

–¿Be-besarme? –balbució ella, poniéndose colorada.

–Besarte –afirmó él–. Recuerdo cuando te ponías aquellos pantalones cortos vaqueros. Se deshilachaban con cada lavado, y al final del verano solo te llegaban por aquí –le pasó los dedos por los muslos desnudos, tentadoramente cerca de las braguitas.

Sus miradas se encontraron en un destello de calor.

–Lo disimulabas muy bien –susurró ella.

–Lo intentaba.

–Incluso las veces que te sorprendí mirándome, acababas burlándote de las pecas de mi nariz o del aparato de mis dientes y te ibas con otra persona.

–Tenía que hacerlo –dijo él con el ceño fruncido.

–¿Por qué?

–Maldita sea, Callie, éramos amigos. Colegas. Me sentía como un idiota pensando en ti de esa manera–. Sospechaba que me darías una paliza si lo supieras.

No era exactamente una mentira, pero tampoco era cierto. La razón principal de su distanciamiento había sido la férrea convicción de que estaría perdido si se acercaba demasiado a ella.

–Aunque seguramente me habría arriesgado a recibir una paliza si no hubieras sido tan ingenua…

–¿Ingenua yo? –preguntó ella, boquiabierta.

–Eras una cría dulce y pura.

–¡Dulce y pura! –repitió, absolutamente perpleja. Se inclinó hacia él y le puso las manos en la oreja–. ¿Hola? ¿Está Jack ahí dentro?

Él se apartó con una carcajada.

–Es cierto. Seguro que nadie te besó antes de que te marcharas de Point.

Ella arqueó una ceja.

–Estás incurriendo en una grave equivocación.

–¿Quieres decir que te besó algún chico? –preguntó él con incredulidad–. ¿Quién?

–No es asunto tuyo.

–Nunca saliste con nadie.

–Eso no lo sabes.

Jack apretó la mandíbula, irritado porque algún chico, a quien seguramente él había conocido, hubiera estado saliendo con ella a escondidas. Besándola…

Callie sonrió con expresión satisfecha.

–Sí, bueno –aceptó Jack, riendo–. A pesar de toda tu vasta experiencia, seguías siendo una ingenua.

–¿Qué te hace pensar eso?

–Pequeños detalles –dijo él, acariciándole un mechón de sus sedosos cabellos negros–. Como cuando te empujaba al agua. ¿Sabías que lo hacía a propósito?

–Claro que sí. Me empujabas en los muelles.

–¿Sabías por qué?

–¿Por diversión? –preguntó ella, mirándolo con recelo.

–Por ejemplo –admitió él con una sonrisa maliciosa–. Salías del agua hecha una furia, despotricando contra mí, empapada y con tu camiseta de algodón… pegada a tu cuerpo –la voz se le quebró y quedó en silencio, aturdido por el calor que le provocaba el recuerdo.

Bajó la mirada a sus pechos sin poder evitarlo. Eran más grandes y voluptuosos ahora, pero con los mismos pezones puntiagudos que se asomaban a través del algodón mojado.

–Me excitabas tanto al salir del agua, Callie, que habría dado lo que fuera por poder tocarte…

Una ola de sensualidad le cubrió la mirada a Callie.

–¿Sabes una cosa? –le preguntó ella–. Te habría permitido hacerlo.

Jack creyó que se le detenía el corazón. Se lo habría permitido… Todas esas noches que había pasado en vela, preguntándose, dudando… Y ahora finalmente lo sabía. Podía haberla tocado. Podía haberla besado. Tal vez incluso podía haberle hecho el amor. Pero la certeza en sí misma no era tan importante como el hecho de que Callie se lo había dicho en aquel instante y lugar. ¿Por qué se lo había dicho? Su excitación palpitaba dolorosamente por las posibilidades. ¿Había dado a entender que le permitiría hacerlo… ahora?

–Callie… –aún no había recuperado el aliento del todo–, quiero ese beso ahora.

Un silencio cargado de electricidad siguió a sus palabras. Se le secó la garganta y el pulso le latió a un ritmo desbocado mientras esperaba la respuesta de Callie. Sintió un movimiento a su lado y le envolvió una fragancia femenina. Sintió el calor que irradiaba de una presencia sorprendentemente cercana. Los brazos de Callie le rodearon el cuello y él abrió los ojos.

–Antes de pagarte con ese beso –susurró ella–, quiero darte las gracias por haberme recordado todas las veces que me tiraste al agua.

Sus palabras lo recorrieron como el reflujo de la marea en la orilla. Aturdido por el deseo y la excitación, se concentró en el sensual ronroneo de su voz, en sus labios carnosos y en la promesa del beso. Ella acercó la boca a un suspiro de la suya, y él se inclinó para facilitarle el contacto, desesperado por sentir su sabor. Pero entonces ella se retiró lo suficiente para evitar sus labios.

–Te daré ese beso –prometió–. Pero solo cuando esté preparada.

Jack frunció el ceño y la miró confundido. Y Callie endureció los brazos alrededor de su cuello y se aupó sobre las rodillas hasta quedar por encima de él.

–Hasta entonces, tendrás que ser cortés y educado.

–¿Educado? –consiguió murmurar él. Toda su atención se desviaba hacia sus pechos, que ahora estaban a la altura de su boca.

–Ni se te ocurra, Jack –le advirtió ella, apartándole las manos con los codos. Jack se dio cuenta de que había estado subiéndolas por sus costados.

La frustración se apoderó de él. ¿Qué demonios estaba haciendo Callie?

–Antes de hacer cualquier movimiento –susurró ella, mirándolo con un brillo de malicia en los ojos–, tendrás que preguntar: «¿Me permites, Callie?».

Jack se quedó tan anonadado que no pudo responder ni pensar con claridad.

–Y puede que yo te dé permiso… –siguió ella, moviéndose tan cerca de él que el satén le rozó el rostro–, o puede que no.

Capítulo Siete

Callie lo había dicho sin pensar. En realidad había sido él quien la había animado a provocarlo, con sus miradas que hacían hervir la sangre y sus confesiones susurradas.

Le había quitado un gran peso del corazón, y de repente se sentía ligera y libre. Durante mucho tiempo él había impuesto sus reglas, pero ahora era ella quien demostraba su poder. ¡Incluso se había atrevido a rozarle la cara con los pechos!

Un hormigueo de excitación avivó la emoción de su descaro. Deslizó las manos por sus robustos hombros y lo miró, expectante, esperado encontrase un atisbo de sonrisa.

Él no sonrió, y aquello la hizo detenerse. Jack permanecía quieto y rígido, con las manos agarrándola por los costados. Parecía muy serio. Callie temió haberse precipitado.

Pero entonces él la miró a los ojos con una intensidad que hizo saltar todas las alarmas.

–¿Me permites, Callie? –le preguntó en un cálido susurro.

A Callie le flaquearon las rodillas y le dio un vuelco el corazón. Se suponía que tenía que hacerle declarar sus intenciones exactas para seguir con el juego, pero no pudo decir otra cosa que:

–Adelante.

Jack soltó una profunda exhalación y deslizó sus fuertes manos sobre el satén, rozándole con los pulgares la curva de los pechos. El tacto de sus manos y la intensidad de sus caricias prendieron llamas en el interior de Callie, y eso que apenas había hecho algo más que recorrerla con la mirada.

–¿Me permites, Callie? –volvió a preguntar, rozando el rostro contra el costado de un pecho.

Con el corazón desbocado, y a través de una espesa niebla de sensualidad, Callie intentó anticiparse a su próximo movimiento.

–Adelante.

Jack extendió las manos, la sujetó con firmeza y hundió el rostro entre sus pechos. La barba incipiente raspaba el satén, y sus labios rozaban los endurecidos pezones cada vez que giraba lentamente la cabeza.

Callie se arqueó, atónita por el placer que la recorría y por la tensión que emanaba del cuerpo de Jack. Sentía que se estaba conteniendo, como una bestia salvaje y poderosa a la que ella hubiera despertado y que ahora se dispusiera a abalanzarse sobre ella.

La idea la asustó. Y la excitó. Jack la echó hacia atrás, presionándose contra el brazo del sofá, y frotó el mentón y la boca contra los pezones a través del satén. Mantuvo los labios tensos y ligeramente entreabiertos, lo suficiente para que el aliento le provocara a Callie un reguero de cálido hormigueo y para atrapar las puntas sensibles de sus pechos.

–¿Me permites, Callie? –le preguntó, mirándola con ojos llameantes.

–Adelante, adelante.

Jack le bajó la camisola y se llenó la boca con sus pechos. Una ardiente succión propulsó a Callie a una espiral de placer. Hundió los dedos en los hombros fibrosos, atrapada en una tormenta de lujuria y deseo. Las manos de Jack bajaron aún más la camisola y le recorrieron las curvas desnudas de su piel. Apartó la boca de sus pechos y siguió el rastro de las manos con una sucesión ininterrumpida de tórridos besos.

–Adelante –murmuró, aunque él no le había pedido permiso. Entrelazó los dedos en sus cabellos dorados mientras él la besaba apasionadamente por el vientre y la cadera. Se retorció bajo su boca y sus manos, como si navegara a la deriva en un mar de calor y placer.

–¿Me permites, Callie? –preguntó él, y antes de que ella pudiera responder, le bajó las braguitas de un tirón–. ¿Me permites, Callie? –volvió a preguntar, y siguió descendiendo con la boca sobre sus rizos.

A través de las intensas emociones que la acometían, Callie se dio cuenta de lo que Jack estaba a punto de hacer. La emoción le atenazó el corazón. Deseaba que lo hiciera. Lo necesitaba. No solo por el placer, sino por la intimidad del acto.

Ahogó un gemido de pánico y le agarró la cabeza con las manos, obligándole a mirarla.

–No te he dado permiso –susurró frenéticamente.

–¿Me permites, Callie? –le pidió entre jadeos entrecortados.

Ella negó con la cabeza, sucumbiendo al pánico. Su intención había sido jugar…, pero se había olvidado de cómo se ganaba. Había perdido el control de sí misma, y no sabía cómo recuperarlo.

Jack soltó una exhalación forzada, y luego otra, se apoyó sobre un musculoso antebrazo, junto a ella, le apartó el pelo del rostro y la miró fijamente a los ojos con deseo y ternura.

–¿Estás preparada para pagarme ahora con ese beso?

El beso... Sí, seguro que podía soportar un simple beso. Asintió, agradecida por la sugerencia.

Él acercó el rostro al suyo, pero se detuvo a escasos centímetros.

–¿Me permites, Callie?

A Callie se le escapó un gemido al recibirlo. Jack tomó posesión de su boca a conciencia, sin dejar lugar para la duda o la retirada. El miedo de Callie no tardó en desaparecer, y pronto se vio de nuevo envuelta por la pasión salvaje. El beso creció en intensidad, ardor y frenesí. Los dos cayeron abrazados del sofá al suelo. Jack se despojó de su ropa y ella lo ayudó, anhelando sentir su piel.

–¿Me permites, Callie? –le preguntaba con voz jadeante a intervalos esporádicos.

–Adelante –respondía ella, desbordada por un torrente de emociones ardientes.

Las manos de Jack le recorrían todo el cuerpo, amasando, acariciando, moldeando su figura contra su propia desnudez. Callie sintió la dureza de su miembro contra el vientre y no pudo evitar mover las caderas en un deseo instintivo por deslizarlo en su interior.

Un gemido ahogado escapó de la garganta de Jack, que llevó los dedos entre sus piernas, buscando la íntima fuente de calor escondida entre sus rizos.

Callie soltó un fuerte gemido y sus caderas se estremecieron. Él deslizó la rodilla entre sus muslos para separarle las piernas y siguió explorando con los dedos, avivando su calor interno hasta fundirla en una llamarada de sofocante arrebato. Nunca había sentido un impulso tan fuerte para atraer a un hombre dentro de ella. Nunca había querido hacer el amor con tanta desesperación como lo deseaba ahora.

Separó la boca con un gemido de pánico.

–No… no he dicho que puedas hacerlo –balbució, buscando desesperadamente su mirada–. No…

–Está bien, Cal –la interrumpió él. Sus ojos ardían de emoción–. No tengas miedo. Soy yo.

«Soy yo». Era Jack. Callie sabía que su intención había sido tranquilizarla, dándole a entender que la conocía desde siempre y que jamás le haría daño. Pero nada de eso sirvió para tranquilizarla. Al contrario, se asustó aún más. Pero no hizo nada por detener la invasión de los largos dedos de Jack ni intentó reprimir sus convulsiones. Con los ojos cerrados y los labios entreabiertos, soltó un gemido de placer mientras Jack seguía profundizando con los dedos a un ritmo enloquecedoramente lento, acariciándole y presionándole el exterior con el pulgar. Callie llegó a la cima del placer y se abandonó a las contracciones del orgasmo. Juntó con fuerza los muslos, atrapando la muñeca de Jack, y levantó los hombros del suelo. Él la apretó contra su pecho y la sujetó mientras ella temblaba y luchaba por recuperar la respiración. Muy lentamente, retiró los dedos de su interior, provocándole nuevas contracciones en la ingle.

Antes de que los espasmos remitieran, la hizo girar hasta tumbarla de espaldas bajo él, le atrapó la boca con otro beso enardecido y se introdujo en ella lenta y profundamente.

Callie gritó y se arqueó contra él mientras su palpitante erección la llenaba. Un gemido se elevó por su garganta, y en un movimiento instintivo para adaptarse al tamaño de Jack, le rodeó las caderas con las piernas.

Entonces él empezó a moverse, penetrándola y girando suavemente el miembro en su interior. Callie sintió cómo el placer se propagaba desde su sexo como un torrente de fuego líquido.

Unos golpes sonaron en la puerta.

–¿Señorita Marshall?

Callie se puso rígida y Jack se detuvo. Los dos se miraron el uno al otro, confundidos, sudorosos y jadeantes.

–¿Callie? –era Dee, la dueña del hotel–. ¿Estás ahí, cariño?

–S-sí –respondió ella.

Jack cerró los ojos y volvió a moverse dentro de ella. Callie ahogó un gemido y le mantuvo la mirada.

–Siento molestarte a estas horas, pero hemos recibido un aviso de los huéspedes de la habitación de abajo.

Callie intentó comprender lo que Dee estaba diciendo. Una neblina sensual le rodeaba el cerebro, y Jack la sujetaba con más fuerza y volvía a penetrarla.

–Creen haber visto a alguien escalando a tu balcón –siguió Dee–. Mi marido no está en casa, así que he llamado al sheriff.

–Dile que era yo –le susurró Jack al oído–. Se marchará.

Callie abrió los ojos como platos y negó con la cabeza mientras empezaba a comprender la situación. ¡No podía decirle a nadie que tenía a Jack en su habitación! Todo el mundo lo sabría a la mañana siguiente.

–No… no he visto a nadie –dijo con voz débil y vacilante.

Jack maldijo por lo bajo. Tenía el rostro empapado de sudor.

–Díselo, Cal –insistió.

Ella se arqueó al recibir otra embestida.

–No puedo –susurró cuando pudo hablar de nuevo–. Nadie puede saber que estás conmigo.

–Señorita Callie, soy el sheriff Gallagher –dijo otra voz desde el pasillo.

El pánico se apoderó de Callie. Jack se obligó a permanecer quieto, cerró los ojos y gimió.

–Shh –le susurró ella al oído–. No hagas ruido o te oirán.

–Estupendo. Así se irán y nos dejarán en paz.

–No pretendo asustarla, señorita –siguió el sheriff–, pero he visto un banco debajo de su balcón. No he visto a nadie, pero temo que el merodeador pueda estar escondido en alguna habitación.

–Seguro que no hay nadie –le aseguró Callie con una voz patéticamente temblorosa.

–Es posible. Apuesto a que solo eran unos críos. No tenemos muchos problemas en Point. Pero no puedo arriesgarme con su seguridad, señorita, ni con la de nadie más. Si no le importa, me gustaría echarle un vistazo al balcón.

–¿Quiere… entrar en la habitación?

–Sí, señorita. Solo será un minuto.

–¡Levántate, Jack! –le susurró frenéticamente, intentando soltarse.

–Por Dios, Callie, no me hagas esto –suplicó él. La agarró por las caderas para impedir que se apartara, pero era demasiado tarde–. Maldita sea, Cal. Déjame explicarles qué hago aquí…

–¡No te atrevas a hacer eso!

–¿Va todo bien ahí dentro, señorita Callie? –preguntó el sheriff.

–Sí, sí, todo va bien –exclamó ella–. Deme un minuto para... buscar mi bata. Estaba profundamente dormida.

–Lo siento mucho, señorita. Tómese su tiempo.

El pánico de Callie aumentó al pensar en la reacción de Meg y de Grant Tierney cuando se enteraran de que la habían sorprendido con Jack Forrester en una habitación de noche. Empujó a Jack y consiguió ponerse en pie. Jack permaneció medio sentado en el suelo, con su erección inmensa y reluciente, los ojos fuertemente cerrados y la mandíbula apretada.

–Levanta, levanta –lo apremió ella, tirándole del brazo. Tienes que esconderte.

–¿Esconderme? –preguntó él con una mirada incrédula.

–En el cuarto de baño. No, alguien podría entrar. En el armario. Métete en el armario.

–Ni hablar. No voy a esconderme en un armario.

La desesperación la hizo ponerse de rodillas y mirarlo con expresión suplicante.

–Por favor, Jack... ¡Por favor!

–Señorita Callie –volvió a llamarla el sheriff–, ¿hay alguien con usted?

–¡No! No, claro que no.

Tras una pausa llena de tensión, el sheriff volvió a hablar.

–Por si acaso el intruso la está apuntando con un arma o algo así, quiero que me diga el nombre de su padre. Si me dice el nombre verdadero, sabré que se encuentra bien. Si me dice un nombre falso, haré que mis hombres rodeen el edificio antes de que ese bastardo pueda escapar.

Callie abrió los ojos como platos, y Jack hizo girar los suyos.

–¿El nombre de mi padre? –preguntó con voz ahogada. El pánico le bloqueaba la mente, y el único nombre que se le ocurría era «coronel».

–Henry –le susurró Jack.

–¡Henry! –gritó ella.

–Henry –repitió el sheriff–. Sí, eso es. Henry –parecía un poco decepcionado.

–No hay nadie conmigo, sheriff –le aseguró Callie–. Lo que ha oído es la televisión. Me dormí con ella encendida. La apagaré en cuanto encuentre mi bata –dijo, y tiró frenéticamente de Jack hasta que él accedió a regañadientes que lo metiera en el armario.

–Al menos dame mi ropa.

–Oh, Dios mío… ¡Tu ropa!

Buscó por toda la habitación hasta encontrar sus vaqueros, camisa y ropa interior. Se lo puso todo en los brazos y lo empujó al armario.

–Si el sheriff abre esta puerta, tanto él como Dee sufrirán un ataque al corazón –gruñó Jack–. Y no será muy decente que los atienda desnudo.

Con expresión adusta y tan espléndidamente desnudo como un dios griego, se puso la ropa bajo el brazo y permitió que Callie le cerrara la puerta en las narices. Callie sacó su bata de otro armario, se la puso y corrió a abrir la puerta con el corazón desbocado. Al saludar al sheriff y a la mujer rubia y robusta vestida con una bata de franela, estaba sin aliento y con el rostro acalorado.

–Pasen. Siento haber tardado tanto, pero…

–Cálmese, señorita Callie –la tranquilizó el sheriff. Le dio una palmadita en el brazo y entró en la suite–. Sé que se ha llevado un buen susto, pero ahora está a salvo.

Dee también entró, mirando preocupada a Callie.

–Lo siento mucho. Nunca hemos tenido un problema así, te lo juro. Mi marido volverá a casa mañana, y pondrá un cerrojo adicional en todas las puertas.

–Oh, Dee, no creo que sea necesario –dijo Callie, viendo cómo el sheriff se acercaba a las puertas con una linterna en una mano y una pistola en la otra.

–Será mejor que se aparten, por si acaso.

Callie se mordió el labio mientras Dee le agarraba la mano.

–Estas puertas no están cerradas –observó el sheriff. Apoyó la espalda contra una de las puertas, empujó la otra e iluminó el balcón con la linterna. Tras una pausa prudente, se aventuró a salir.

Dee le agarraba dolorosamente el brazo a Callie mientras observaba al sheriff con expresión inquieta.

Momentos después, el sheriff volvió a la habitación, cerró las puertas y las aseguró.

–No hay nadie ahí fuera. Seguramente solo fueron unos niños haciendo travesuras.

Dee exhaló un dramático suspiro de alivio y le soltó el brazo a Callie.

–Será mejor que mantenga las puertas cerradas, señorita Marshall –le aconsejó el sheriff mientras se enfundaba la pistola–. Tiene a mucha gente contrariada por culpa de sus investigaciones sobre el doctor Forrester. No quiero decir que alguien desee hacerle daño, pero a la gente de aquí no les gusta que nadie perjudique a uno de los suyos.

Uno de los suyos… Una punzada de dolor traspasó a Callie. Ella también había sido «uno de los suyos». Pero eso había sido muchos años atrás.

–La gente está acostumbrada a aguantar a Grant

Tierney. Lo hacen sobre todo por el bien de Agnes, y porque ha comprado muchos terrenos por aquí. Pero el doctor Forrester es muy querido en la comunidad. No me atrevo a imaginar lo que alguien podría hacer si se enteran de que está usted intentando incriminarlo.

–Gracias por el consejo, sheriff –dijo Callie. Oyó ruidos en el armario y se apresuró a seguir hablando–. Estoy segura de que usted y Dee están deseando volver a la cama, igual que yo a la mía.

Lo había dicho con la intención de que se fueran rápidamente, pero lo que consiguió fue que ambos miraran hacia su cama. Una expresión de sorpresa apareció en sus rostros. Callie se dio cuenta demasiado tarde de que la cama estaba pulcramente hecha.

–Yo, eh… me quedé dormida en el sofá –murmuró, sintiendo cómo se ruborizaba.

Los dos miraran entonces hacia el sofá. La camisola de satén colgaba de un cojín, y sus braguitas de encaje yacían en el suelo. Callie se ruborizó aún más, pero no ofreció ninguna explicación. Pero entonces vio las botas de Jack en el suelo, junto al sofá, parcialmente ocultas por las sombras. El corazón le dio un vuelco y miró de reojo a Dee y al sheriff. Ninguno parecía haberse fijado.

–Si ve a alguien en el jardín esta noche, no se preocupe –le dijo el sheriff–. Estaré patrullando por los alrededores por si acaso vuelve el intruso.

Callie se quedó de piedra junto a la puerta mientras Dee y el sheriff salían al pasillo. ¿Cómo podría Jack salir del hotel sin ser descubierto? Y si se quedaba hasta la mañana siguiente, Dee o sus hijos lo verían marcharse. ¡Todos los habitantes de Point sabrían que Jack Forrester había pasado la noche en su habitación!

–Eh, sheriff, no creo necesario que pierda su tiempo patrullando la zona. Yo bajé antes al jardín e… hice un poco de ruido. Seguramente fue a mí a quien oyeron los huéspedes.

–¿A qué hora salió usted?

–Un poco después de medianoche, creo.

–¿Qué estaba haciendo ahí afuera después de medianoche? –preguntó él con curiosidad.

–¿Que qué estaba haciendo? –se aclaró la garganta–. Estaba… contemplando las estrellas. No hay un lugar mejor que Point para ver las estrellas.

–Es verdad –corroboró Dee–. Pero esta noche no se pueden ver. El cielo está nublado.

–Sí –dijo Callie, apretando fuertemente los puños–. Fue muy difícil encontrarlas.

El sheriff sacudió la cabeza.

–No pudo ser usted a quien oyeron los huéspedes. Los ruidos se produjeron después de que entrara. Alguien tuvo que apoyar el banco contra la pared.

–¿El banco? –repitió ella. ¡Se había olvidado del maldito banco!–. Oh, se refiere al banco del jardín… –forzó una carcajada mientras buscaba una explicación–. Yo lo puse ahí.

–¿Usted? –preguntó el sheriff, parpadeando de asombro–. ¿Por qué?

–Bueno, estuve tanto tiempo mirando el cielo que… me empezó a doler la espalda. Necesitaba una superficie dura para apoyarme, así que…

Del armario salió un ruido ahogado, como si alguien estuviera conteniendo una carcajada.

–Así que apoyé el banco contra la pared y me senté –siguió Callie–. Se me olvidó devolverlo a su sitio. Lo siento. Todo ha sido un malentendido, sheriff.

–Me alegra saber que fuiste tú, Callie –dijo Dee–. No podía creer que hubiera un merodeador.

–Supongo que yo también me alegro –murmuró el sheriff–. Me siento ridículo por haber salido al balcón con la pistola, como un poli de la tele.

–No, no, le estoy muy agradecida –le aseguró Callie–. Podría habernos salvado la vida. Y su idea de preguntarme el nombre de mi padre… brillante.

Del armario salió otro ruido ahogado, pero quedó amortiguado por la entusiasta afirmación de Dee. Aparentemente convencido, el sheriff siguió a la dueña del hotel escaleras abajo.

Callie cerró la puerta, se apoyó en la hoja y soltó un largo y tembloroso suspiro de alivio.

El armario se abrió y Jack salió. Se había puesto los vaqueros negros, aunque los tenía desabrochados, y la camisa le colgaba indolente de un hombro. Una sonrisa curvaba sus labios y un brillo destellaba en sus ojos ambarinos mientras avanzaba hacia ella.

–Oh, señorita Callie –murmuró, recorriéndola con su intensa mirada–. Será mejor que se tumbe en la cama y me permita darle un masaje en la espalda para aliviar esos dolores.

–No tiene gracia –replicó ella–. Tienes que marcharte.

Él le deslizó los dedos por el pelo y le acarició el rostro con el pulgar, haciendo que su fuerza de voluntad se derritiera sin remedio.

–No tengo que marcharme –susurró–. Tengo toda la noche, todo el día de mañana y toda la noche…

–Jack… Esto ha sido un error –gimió cuando la besó en el cuello y le atrapó el rostro entre las manos, recordando el roce de su áspera piel contra los pezones–. Ha sido culpa mía. No debería haberte provocado con aquel juego estúpido.

–Puedes compensarme –dijo él, llevando las manos hasta su cintura–. Ahora jugaremos según mis reglas –le susurró contra la boca–. Tendrás que decir: «Jack, por favor… hazme el amor».

Antes de que ella pudiera protestar le cubrió la boca con un beso. Los brazos de Callie le rodearon instintivamente el cuello, y él tiró del cinturón de la bata para desatar el nudo.

Callie soltó un gemido angustioso y se apartó de él, aferrándose la bata con los puños.

–No puedo hacer el amor contigo –declaró, respirando agitadamente.

–¿Por qué no? –preguntó él con el ceño fruncido.

–¡No está bien! Estoy investigando una demanda contra ti, Jack. Lo siento. Me dejé llevar por la emoción al oírte decir lo mucho que me habías deseado –confesó–. Pero ya no somos niños, y no puedo arriesgarme a comprometer este caso ni la integridad de mi empresa implicándome personalmente con el objeto de mi investigación.

–No veo cómo una relación sexual podría afectar a eso –repuso él, apoyándose contra la puerta.

–Estoy trabajando para una abogada, quien además resulta que es mi hermana –insistió ella, quedándose a una distancia segura de él–. Las consideraciones éticas son muy complicadas, y si Grant Tierney sospecha que el equipo de su abogada ha conspirado contra él de alguna manera… –interrumpió bruscamente su explicación. De nuevo había actuado sin pensar. No debería estar hablando de eso con él. Agarró las botas y se las tendió–. Vístete. Por favor.

113

–Mantendremos nuestra relación en secreto, Callie –le aseguró él, arrojando las botas al suelo–. No es asunto de nadie más. Pero aunque alguien lo descubriera, seguramente supondría que estás haciendo lo mejor para tu cliente. Ya sabes... intentando sonsacarme información. Si te digo esto es porque algunos amigos míos me han advertido que no confíe mucho en ti. Han oído que hoy estabas conduciendo mi coche, y supongo que Gloria me vio besarte, así que...

–No he sido yo la que se ha puesto a imitar a un chimpancé bajó el balcón –le recordó ella.

–No era un chimpancé –dijo él con una mueca.

–¿Acaso estás tratando de sonsacarme información tú a mí?

–¿Te he hecho alguna pregunta sobre el caso?

–Aún no.

–Y no lo haré. No necesito sonsacarte información. He estado recibiendo llamadas en el hospital toda la tarde, informándome de las fotos que te dio Gloria, de las conversaciones que has grabado, de los archivos judiciales que has comprobado y de la sopa que no tenía gambas.

–¿Sabías todo eso y aun así has venido? –le preguntó ella, boquiabierta.

–Nada de eso tiene que ver contigo y conmigo –respondió él, clavándole la mirada.

–Sí, claro que sí –replicó ella con voz ahogada. ¿Cómo podía reprenderlo por haber ido a verla aquella noche, cuando ella había hecho algo mucho peor? Había ido a Moccasin Point para destruirlo, y lo había provocado para que le hiciera el amor–. Vístete. Tienes que marcharte.

–Nadie tiene por qué saber que estoy aquí, Callie.

–¡Lo sabrán todos! Tu coche y el mío están ahí fuera. Me sorprende que el sheriff no se haya fijado.

–He aparcado tu coche en el garaje trasero y he cerrado la puerta. Nadie se dará cuenta de que está ahí. Si alguien te pregunta mañana cuándo hemos intercambiado los vehículos, dile que dejaste la llave en mi coche y que no estabas segura de cuándo vendría a recogerlo.

–Haces que parezca muy fácil, pero yo seré la más perjudicada si el secreto sale a la luz. ¿Qué tienes tú que perder?

–A ti.

La cálida franqueza de su mirada confundió aún más a Callie. Su corazón confiaba en aquella sinceridad, pero su cabeza la acuciaba a alejarse. Él la deseaba, pero el sexo no era más que sexo, a menos que ella se permitiera creer que había algo más.

Y quería creer que había algo más. Quería creer que Jack sentía por ella algo más profundo, más fuerte y más duradero que una mera atracción física. El terror que había sentido mientras hacían el amor volvió a invadirla. Se había pasado doce largos años levantando sus defensas para que nunca más volviera a necesitar emocionalmente a un hombre. No podía dejar que aquellas barreras se derritieran con el calor de la pasión.

Se dio la vuelta con la intención de recoger las botas del suelo, ponérselas a Jack en los brazos y echarlo de su habitación. Pero antes de que pudiera dar un paso él la sujetó por los hombros.

–¿De qué tienes miedo, Callie? No me digas que es por tu reputación profesional. No estabas pensando en eso cuando estábamos desnudos en el suelo.

A Callie se le detuvo el corazón. No podía discutirle esa verdad.

–El pánico te bloquea cuando las cosas empiezan a caldearse –la acusó él–. ¿Por qué?

–El-el sheriff estaba llamando a la puerta –se excusó ella.

–Antes de eso –insistió Jack, sacudiéndola ligeramente.

Callie lo miró consternada. Jack se había dado cuenta de que estaba aterrorizada. «No tengas miedo», le había dicho. «Soy yo.» Un consuelo irónico, teniendo en cuenta que era únicamente él quien podía asustarla.

–Vete a casa, Jack –le suplicó.

–No puedo salir ahora –dijo él, aferrándole los hombros con fuerza–. Tenemos que esperar a que Dee y los demás vuelvan a dormirse después del susto. El sheriff podría seguir ahí fuera.

Callie reprimió un gemido. Jack tenía razón. Pero ¿cómo podía arriesgarse a permitirle permanecer allí un momento más? Se sentía indefensa ante el calor varonil que su cuerpo irradiaba y sus manos apretándole posesivamente los hombros.

–Lo mejor será que me vaya justo antes de que amanezca –dijo él.

Para eso quedaban unas cuantas horas. Callie reconoció su expresión decidida y supo que no podría convencerlo para marcharse. La familiaridad de su férrea voluntad la afectó traicioneramente.

–Lo siento, Jack, por haberte engañado de esta manera. ¡Lo siento mucho! No debí haberte besado. Ni debí… intimar contigo –añadió en un débil susurro.

–Por Dios, Cal, ¡no llores! –dijo él, visiblemente

preocupado. La estrechó entre sus brazos mientras ella intentaba contener las lágrimas–. No pasa nada –le susurró contra sus cabellos–. Lo entiendo. Nada de lo que has hecho me ha afectado.

Estuvo un rato abrazándola y meciéndola suavemente, hasta que ella fue consciente de que tenía el rostro presionado contra su hombro desnudo, los pechos aplastados contra su recio torso y los latidos de sus corazones retumbando al unísono.

–El único problema es que has intimado conmigo, y es demasiado tarde para cambiar eso –dijo él. Se apartó y le tomó el rostro entre las manos–. ¿Qué daño pueden hacer unas horas más?

El calor de su mirada le abrasó el corazón a Callie, robándole el aire de los pulmones e infundiéndole una profunda necesidad.

–Ven a la cama conmigo, Callie –le pidió él–. No haré nada que no quieras, lo juro.

Ella no podía pensar en nada que no quisiera que Jack no hiciese. En realidad, quería que lo hiciera todo.

–Solo por esta noche –concedió en un tembloroso susurro–. Y nunca más. Nunca, nunca más…

Él la hizo callar con un beso ardiente y apasionado.

Capítulo Ocho

Tal y como prometió, se había marchado antes del amanecer.

Callie había estado tan agotada que apenas se dio cuenta. Se había quedado dormida entre sus fuertes brazos, y cuando sintió que su calor masculino la abandonaba había alargado los brazos en la oscuridad para intentar retenerlo. Él la había besado y le había susurrado unas palabras de despedida, y ella había vuelto a dormirse.

A la luz del día, el recuerdo de lo sucedido la mantuvo tensa y preocupada durante el desayuno en el comedor del hotel. Por suerte, nadie mencionó el incidente del merodeador y nadie pareció haber visto salir a Jack Forrester.

Aquella tarde, sin embargo, tendría que verlo en el picnic del Día del Trabajo.

¿Cómo reaccionarían al verse delante de toda la comunidad? ¿Podría ella mirarlo sin que su cuerpo respondiera al recuerdo de la íntima pasión compartida? ¿Significaría algo para él?

Casi se atragantó con el café. ¡Claro que no! No había significado nada para ninguno de los dos.

Sin acabar el desayuno, recogió su maletín y corrió al aparcamiento. Tenía que reunirse con Agnes aquella mañana, hablar con los demás en el picnic y encerrarse en su habitación con un buen libro hasta la reunión del

118

martes con el personal del hospital. Luego volvería a Tallahassee para seguir la investigación desde allí. Y no permitiría que ningún asunto personal interfiriera en su trabajo.

¿Cómo podía seguir adelante como si nada hubiera sucedido? Le gustara admitirlo o no, Jack la había afectado profundamente. Y le hacía recordar lo mucho que ella lo había querido… aunque solo fuera como amiga.

Tras unos momentos de duda tomó una decisión: buscaría la verdad y nada más que la verdad. No le ofrecería a Meg ningún arma para usar contra Jack, a menos que la verdad en sí misma pudiera ser un arma. De ser así, Jack se habría buscado los problemas él solo.

—Espero que los vecinos no sean tan groseros contigo como lo han sido conmigo. Sally Babcock me llamó para decir que no le gustaba nada tener que responder preguntas sobre su sopa –dijo Agnes Tierney mientras deshuesaba aceitunas en la cocina–. Y en el puesto de verduras del señor Johnson, Wanda Scaggs me dijo que debería avergonzarme por las horribles cosas que he dicho del doctor Forrester. Y el señor Johnson me hizo un desaire.

—¿Estás segura de que quieres ir hoy al picnic, Agnes? –le preguntó Callie, viendo cómo la escultora echaba las aceitunas en la ensalada de patata.

—¡Claro que sí! Bob estará allí. Y también mi club de *bridge*. Saben que esta demanda es obra de Grant… Creo que es importante para Grant debido a un asunto de tierras –le confesó–. Ahora está reunido con un agente inmobiliario, intentando conseguir la propiedad a las afueras de Point. Quiere construir edificios de apartamentos para alquilar.

Callie la miró horrorizada. La naturaleza salvaje se extendía a lo largo de cien kilómetros por la península. Tan solo una docena de casas salpicaban el paisaje y las playas.

–¿Qué tiene que ver el asunto de las tierras con la demanda?

–Jack es el propietario de la mayor extensión de tierra. Sin ella, Grant no puede construir –explicó Agnes mientras machacaba los ajos–. Creo que Grant quiere obligarlo a vender.

Callie tuvo que esforzarse para disimular su indignación. Así que Grant tenía un motivo oculto para explotar la situación…

–Agnes, si no quieres demandar a Jack, ¿por qué lo estás haciendo?

–¡No puedo desafiar a Grant! –exclamó ella–. Odia que le lleven la contraria.

–¿Crees que la inyección de Jack te provocó las alucinaciones? –la presionó Callie.

La escultora se encogió de hombros y vertió el zumo de limón en la ensalada.

–Supongo. Nunca había tenido alucinaciones, y no he vuelto a tenerlas desde entonces.

–Si la inyección no las provocó, ¿querrías saber cuál fue la causa?

–Por supuesto. Jamás acusaría injustamente a un vecino –declaró ella–. Ni siquiera Grant puede impedir que me disculpe si me he equivocado.

–¿Te importa si intento averiguar qué pudo haberte causado las alucinaciones?

–¡Oh, hazlo, por favor! –la animó Agnes, y miró nerviosa hacia la puerta–. Pero tendrás que ser discreta si viene Grant. No le gustará que estés fisgoneando.

Callie se pasó una hora haciéndole preguntas a Agnes sobre lo que hizo aquel día de julio. Luego, tomó muestras de las plantas que Agnes cultivaba en el jardín y que utilizaba para hacer el té. También examinó su inventario de especias y copió los nombres de los medicamentos del cuarto de baño. Cuando reunió todos los datos que pudo, se conectó a Internet y envió la información a su ayudante. Las muestras de plantas y especias las mandaría al laboratorio para analizarlas.

–Si no había gambas en la sopa de Sally, ¿por qué sospechaste que tenías una reacción alérgica? –le preguntó a Agnes antes de marcharse.

–Tenía que haber gambas por alguna parte. Noté su sabor.

Callie le pidió que recordara todo lo que había comido aquel día e hizo una lista con los alimentos.

–Hasta que descubramos la causa de tu reacción, ten cuidado con lo que comes hoy en el picnic.

–Solo tomaré la comida que yo lleve –le aseguró Agnes–. Grant no irá al picnic hasta bastante tarde, pero ¿te gustaría acompañarnos a Bob y a mí? Jugaremos al *bridge*.

–Gracias, Agnes, pero tendré que irme pronto del picnic, así que necesito mi coche.

–Oh, tómate un poco de tiempo para divertirte. Y no permitas que te afecten los modales de la gente. ¡Todos están muy susceptibles por este asunto!

***

Callie sintió el desprecio de la comunidad en cuanto entró en la zona sombreada del picnic con vistas a la playa. Aunque reconoció muchos rostros junto a las mesas y las parrillas, nadie le sonrió ni la saludó. Algunos la miraron, otros apartaron la mirada y unos pocos cuchichearon entre ellos.

Aunque Agnes y el sheriff la habían prevenido, el rechazo le resultó muy doloroso. Pero no podía marcharse sin hacer sus averiguaciones, así que mantuvo la cabeza alta y una expresión agradable.

No vio a Jack ni a su familia, ni tampoco a los amigos de su vieja banda… Jimbo, Robbie o Frankie. A quien sí vio fue a Agnes, vestida con un quimono amarillo, sentada en una mesa junto al pabellón y jugando a las cartas con tres ancianas y un caballero de pelo blanco. Callie se dirigió hacia ellos, esperando posicionarse en territorio amistoso antes de infiltrarse en la multitud hostil. Todo el mundo vestía pantalones cortos, vaqueros y trajes de baño, y se sentía fuera de lugar con su vestido de tirantes, no se había atrevido a ponerse los pantalones cortos.

Se esforzó por esbozar una sonrisa amable e intentó entablar una conversación con el grupo más cercano. Solo consiguió que le respondieran con monosílabos, y nadie recordaba si habían puesto gambas en los platos del último picnic.

Mientras paseaba entre las mesas y los vecinos intentando romper el hielo, un adolescente en bañador se subió a una mesa vacía y empezó a gritar y a apuntar hacia el puerto deportivo.

–¡Mirad, mirad! ¡El doctor Forrester viene en su barco!

La gente empezó a aplaudir y a silbar. Los niños de

todas las edades echaron a correr hacia el puerto, mientras un esbelto velero blanco a motor se acercaba por las verdes aguas de la bahía. Las madres retuvieron a los más pequeños y les gritaron a los mayores para que no se acercaran demasiado al muelle, y los padres siguieron a sus hijos con la vista fija en la embarcación.

Callie se apoyó en una mesa y observó cómo el velero atracaba limpiamente. La primera persona que vio fue a una rubia pequeña y bronceada, con el pelo por los hombros y una radiante sonrisa, que saludaba a los niños desde la cubierta.

Una garra invisible atenazó el corazón de Callie. ¿Había llevado Jack a una acompañante?

Dos hombres salieron de la cámara del timón y empezaron a atar los cabos. Callie reconoció al más fornido de los dos con su mata de pelo rojo. Era Jimbo. El otro era Robbie, con bigote y cola de caballo. Y cuando la rubia golpeó a Jimbo en el brazo, Callie supo que no podía ser otra que Frankie, la otra mujer de la banda.

Una pareja alta y elegante salió de la cabina. El doctor y la señora Forrester. Los padres de Jack. A Callie le dio un doloroso vuelco el corazón. Había pasado los días más felices de su infancia con ellos. En muchos aspectos la habían conocido mejor que su propia hermana o su padre.

¿Cómo la recibirían? Nadie de su vieja banda la había llamado, aunque sin duda sabían que estaba en Point. El día anterior le había dejado a Frankie un mensaje en el contestador, pero no había recibido respuesta. La culpa era suya, por haber estado doce años sin contactar con ellos.

Entonces vio la alta y bronceada figura de Jack saliendo de la cabina. Iba acompañado de su perro, Zeus, y su risa se oía por encima del jolgorio. A Callie se le aceleró el pulso y se dio la vuelta. Esperaría a que los Forrester se hubieran acomodado para saludarlos.

Apenas se había alejado una distancia prudente, cuando sintió que alguien le tiraba del brazo.

–Perdone, ¿es usted la señorita Callie Marshall? –le preguntó una niña con trenzas negras.

–Sí.

–La señora Forrester quiere verla –dijo la niña, con una voz tan aguda que atrajo varias miradas.

Consciente de que estaba siendo el centro de atención, Callie miró nerviosamente a través del claro de hierba hacia la mujer que reclamaba su presencia. La señora Forrester estaba de pie, con los brazos cruzados y la cabeza alta, vestida con una blusa beis, unos pantalones veraniegos y el pelo elegantemente recogido. Su expresión era severa y miraba fijamente a Callie.

Callie se estremeció. La señora Forrester era la directora de la escuela, y ningún alumno se tomaba sus sermones a la ligera. Y nadie que la conociera se esperaría que tolerase un ataque contra su hijo.

Intentó forzar una sonrisa, sin éxito, y caminó hacia ella. Todo el mundo parecía haberse quedado en silencio, observándola.

Al acercarse, vio que su pelo rubio estaba lleno de canas y que las arrugas eran más pronunciadas en torno a sus ojos pardos. Pero seguía irradiando la misma aura de elegancia y regia autoridad que había sobrecogido a generaciones de estudiantes.

–Tengo entendido, señorita Marshall –dijo con aquel acento sureño que bastaba para enderezar a cualquiera–, que has venido a Point por asuntos de trabajo.

–Sí, señora. Por asuntos de trabajo. Nada personal –admitió Callie, avergonzada. La señora Forrester la había reprendido varias veces en clase, pero siempre había creído en ella. Había reconocido el mérito de su trabajo y la había animado a apuntar alto. Y cuando su madre murió, la señora Forrester había ido a visitarla a su casa para abrazarla.

—Es evidente, puesto que no has querido agraciarnos con tu presencia.

—¿Cómo dice? –preguntó Callie, confundida.

—Llevas aquí dos días, jovencita –la reprendió–. ¿Nos has llamado a alguno de nosotros? ¿Mmm?

Una mano se agitó enérgicamente en el aire, junto a Callie.

—Me llamó a mí, señora Forrester –exclamó Frankie como una alumna alborotadora–. Pero no oí mis mensajes hasta esta mañana –se volvió hacia Callie y sonrió–. Lo siento, Cal.

—A mí no me ha llamado –se quejó Jimbo con su fuerte voz masculina.

—A mí tampoco –añadió Robbie, frunciendo cómicamente la boca bajo el bigote.

Callie miró atónita los rostros familiares, y la señora Forrester le rodeó la cintura con un brazo.

—Supongo que la pregunta es… ¿se debe olvidar a los viejos conocidos?

—¡Adelante, Freddie! –gritó Jimbo.

Un saxofón empezó a tocar el tema *Auld Lang Syne,* acompañado por un coro de voces entusiastas aunque desentonadas. El grupo se abrazó por los hombros y empezaron a mecerse alrededor de la mesa. Entonces Callie vio la tarta de chocolate frente a ella con un mensaje escrito con glaseado amarillo: «Bienvenida a casa, Callie».

Se le hizo un nudo en la garganta y los ojos se le humedecieron. ¡No podía llorar! No delante de sus viejos amigos. Para ellos aún seguía siendo una marimacho. Apartó la mirada de la tarta, los cantantes y las sonrisas, luchando por recuperar la compostura.

Y entonces vio a Jack.

Estaba apoyado en una palmera, observándola con la indiferencia propia de un amable desconocido. ¿Qué pensaría de la extravagante bienvenida que su madre y sus amigos le habían ofrecido?

Callie agradeció que se mantuviera discretamente al margen, pero al mismo tiempo buscó en su rostro algún atisbo de acercamiento. Una sonrisa, un ligero asentimiento…

La canción acabó y la señora Forrester le dio un fuerte abrazo.

–Haz tu trabajo, pero no te comportes como una extraña, ¿entendido?

–Señora Forrester –susurró Callie–, usted sabe cuál es mi trabajo, ¿verdad?

–Naturalmente. Pero confío en él y en ti también. Sé que harás lo correcto. Y ahora ve a divertirte con tus amigos.

Jack no sabía por qué se había distanciado de la fiesta de bienvenida. Tal vez porque sabía que Callie no iba a quedarse en Point. Tal vez porque aquella certeza lo carcomía por dentro. Apartó la mirada de su hermoso perfil mientras saludaba al marido de Frankie y sacó una lata de cerveza de una nevera. No tenía sed, y sabía que Callie tomaría una foto de él bebiendo para añadir a su colección, pero aun así tomó un trago.

La noche anterior no había sido como él esperaba. No le había sorprendido la pasión ni la belleza de su cuerpo desnudo. Siempre había sabido que Callie le deslumbraría con su físico. Pero no había contado con los arrebatos de ardiente emoción que le habían invadido mientras le hacía el amor. Ni había sospechado que esa emoción le acompañaría mucho después de haber abandonado su cama.

Y, lo que era peor, aún no se había recuperado. Nunca había experimentado una angustia semejante. ¿Y si la noche anterior era todo lo que podía conseguir de Callie? La idea de no volver a besarla o abrazarla le resultaba insoportable.

«La has asustado», lo acusaba una voz interior. Había querido poseerla y consumirla. Y seguía queriendo hacerlo.

Tenía que mantenerse alejado de ella hasta que pudiera recuperar el control. Hasta que pudiera relacionarse con ella sin arriesgarse a ahuyentarla.

–Eh, doctor, hemos encontrado la red de arrastre –dijo uno de los chicos, a los que había enviado al barco en busca de los aparejos de pesca.

Agradeciendo la distracción, Jack arrojó la lata medio llena a un cubo de basura y siguió al grupo de jóvenes pescadores a la playa.

El nudo que se le había formado a Callie en la garganta no parecía disolverse. Frankie y la señora Forrester le presentaron a sus amigos, algunos de los cuales había conocido tiempo atrás. El doctor Forrester la saludó con un guiño y siguió leyendo el *Wall Street Journal* mientras fumaba su pipa.

Callie se sentía aturdida por el caluroso recibimiento. Honrada. Agradecida. Y confundida. Por primera vez desde la muerte de su madre, se sentía en casa.

Una sensación peligrosa, especialmente cuando su cabeza y su corazón seguían recordando la noche que había pasado con Jack. No podía atarse demasiado a sus viejos amigos, ni al escenario de su infancia, ni al cirujano que en esos momentos enseñaba a pescar a un grupo de jóvenes entusiastas. Pronto volvería a Tallahassee y no era probable que regresara a Point muy a menudo. Y además, tenía que acabar un trabajo que podría herir a todas esas personas.

Un trío de mujeres la interrumpió.

–He oído que has estado preguntando por las gambas del último picnic –dijo Betty Gallagher, la mujer del sheriff–. Creo que deberías saber que puse algunas en mis galletas de queso.

–¿En sus galletas de queso? –repitió Callie, sorprendida. Agnes había mencionado que probó esas galletas, lo que significaba que su reacción era real y que la inyección de Jack la había salvado.

–Y yo puse unas cuantas en mi ensalada de piña –añadió Louise Cavanaugh.

–Y yo añadí algunas a mi ensalada de col –dijo la tercera mujer.

Callie las miró con recelo. O estaban mintiendo para proteger a Jack, o la pobre Agnes había tenido razones de sobra para ponerse morada.

Capítulo Nueve

–No, yo… No bailo. No se me da bien. No…

–¿Qué ocurre, Cal? –preguntó Jack, rodeándola por la cintura–. ¿Tienes miedo?

–Claro que no, pero…

–Te desafío –la interrumpió él, mirándola intensamente.

No estaba jugando limpio. El orgullo de Callie la obligaba a aceptar cualquier reto, y él lo sabía. Jimbo los miraba con interés mientras bailaba con su pareja. Todo el mundo en la pista de baile parecía estar pendiente de ellos. Indecisa, Callie le puso una mano en el hombro.

Él la sujetó firmemente y la guio por la pista de baile, sin apartar la mirada de sus ojos. De algún modo, Jack consiguió hacerla olvidar que estaba bailando, y pronto Callie estuvo moviéndose con armonía y naturalidad.

Cuando alcanzaron un rincón vacío, la hizo girar por última vez y la sujetó por el costado contra su pecho. Ella lo miró a los ojos, y la intensidad de su mirada casi borró la sonrisa de Jack.

–No tengas miedo de hacer nada conmigo, Callie.

A Callie le latía con demasiada fuerza el corazón para poder responder, rendida ante la ardiente mirada de Jack. Los músicos empezaron a tocar una canción lenta y romántica. Él la apretó con fuerza y ella cerró

129

los ojos y presionó la mejilla contra su hombro, delei-
tándose con la dureza de sus músculos bajo la camisa
de algodón.

Apenas se movieron, meciéndose suavemente al
ritmo de la música. Empapándose con las sensaciones,
los olores, la sensualidad del momento… y deseando
más.

–Dios –susurró él, aspirando la fragancia de sus cabellos–, cuánto te he echado de menos.

Un hormigueo de alarma la recorrió.

–Reúnete conmigo en mi barco, Callie –le murmuró él al oído–. Nos alejaremos de la costa y echaremos
el ancla para pasar la noche.

Callie se quedó sin aliento.

–Nadie tiene por qué saberlo, Cal –la apremió él.
Se retiró y le clavó su mirada ardiente–. Escabúllete
tan pronto como puedas. Te estaré esperando…

–Disculpa –los interrumpió una voz masculina y re-
finada.

Jack giró la cabeza con el ceño fruncido. Grant
Tierney los miraba con una ceja arqueada.

–¿Puedo? –preguntó con una sonrisa.

Callie sintió cómo todos los músculos de Jack se
tensaban.

–No, no puedes –respondió él.

–Me parece que es la dama quien decide, ¿no?

–No vas a tocarla.

Callie miró a los dos hombres como si hubiera despertado de un sueño. Las demás parejas habían dejado
de bailar y los observaban. Jimbo y Robbie se habían
adelantado, con expresión de alerta. Jack la rodeaba
fuertemente con los brazos, mirando a Grant.

–¿Habla por ti? –le preguntó Grant a Callie.

Callie se vio atrapada entre dos fuerzas opuestas. Aquel enfrentamiento representaba más que un simple baile para los dos hombres. Su elección significaría una victoria moral en público. Y a ella la convertiría en una especie de trofeo.

La música cesó y Freddie, el líder del grupo, anunció alegremente que se tomarían un descanso de diez minutos. El silencio que siguió solo fue roto por los susurros de la multitud expectante.

–Parece que tendré que dejarlo para otro momento –le murmuró a nadie en particular, y se apartó de Jack para perderse entre el mar de rostros.

–¡Callie! ¡Callie, espera! –la llamó Frankie, golpeando la ventanilla del Mercedes justo cuando Callie se disponía a salir del aparcamiento–. Tengo que hablar contigo.

Callie detuvo el coche, aunque no estaba de humor para hablar. Frankie abrió la puerta y se sentó junto a ella.

–Callie, cariño, no puedes irte así. Sé que estás disgustada, pero… –se interrumpió y contempló el lujoso interior del vehículo–. Vaya, bonito coche.

–No es mío –murmuró ella, aferrando el volante mientras miraba las sombras de la tarde–. Es de Meg.

–¿De qué estás huyendo esta vez, Cal?

–¿Huyendo? –repitió ella, girando la cabeza hacia Frankie–. No huyo de nadie. Vuelvo a casa. A mi vida. La vida que he construido. La vida que entiendo.

Una expresión de angustia ensombreció los azules ojos de Frankie.

–Jack me ha enviado con un mensaje. Dice que te reúnas con él.

Callie la miró, demasiado aturdida para responder.

Jack la estaba esperando en su barco para hacerle el amor en el mar. Cerró los ojos y apoyó la frente en el volante. A pesar de todo, quería irse con él. Y entonces, en un destello de lucidez, se dio cuenta de la escalofriante verdad. ¡Se estaba enamorando de Jack!

Aquella certeza le provocó un doloroso nudo en el estómago.

–Dile a Jack que no puedo ir con él. Y dile también… –añadió, con los ojos llenos de lágrimas– que si le importo algo, no vuelva a contactar conmigo.

Frankie la miró en silencio durante unos momentos.

–No sé lo que está pasando, Cal, pero por lo que he visto en la pista de baile, sientes algo por él. Y a Jack… bueno, nunca lo había visto en ese estado. Normalmente es muy frío y tranquilo.

–¿Y no sabes por qué?

–¿Por qué está loco por ti?

–No quiero oír nada más –espetó ella.

–Si te importa algo, será mejor que escuches –insistió Frankie en tono cortante–. Todos estamos muy preocupados por él. Hace un par de meses, operó a un niño de una lesión en la columna. Hizo todo lo que pudo, pero la lesión era demasiado grave y el niño no podrá volver a caminar.

A pesar de su determinación por permanecer impasible, el corazón se le encogió de dolor a Callie.

–Jack cree que ha aprendido a aceptar los problemas que no puede solucionar –siguió Frankie–, pero no es así. En su tiempo libre se rodea de gente, pero nunca conecta realmente con nadie. Se marcha en mitad de las fiestas y sale a navegar en solitario.

–Seguramente se lleva a una mujer con él –murmuró Callie.

–Muchas lo desearían, pero no se lleva a ninguna.

El alivio que sintió Callie solo sirvió para inquietarla aún más.

–¿Qué tiene que ver eso conmigo?

–Él conecta contigo, Callie. Incluso de niños teníais una relación especial. Ahora que has vuelto, Jack vuelve a mostrarse abierto y animado. Cielos, la forma en que te miraba en la pista de baile…

–La conexión que hemos tenido desde mi regreso es sexo –afirmó Callie–. Nada más que sexo.

–Bueno, eso es un comienzo.

–Y también un final.

Frankie soltó un suspiro de frustración y dejó caer las manos en el regazo.

–Por culpa de la demanda de Tierney, ¿verdad? Por frívola que sea, esta demanda le hará más daño a Jack que la otra.

–¿La otra? –preguntó Callie.

–El caso de Sharon Landers –respondió Frankie, pero enseguida puso una mueca de horror, como si se arrepintiera de haberlo dicho–. No puedes usar una antigua demanda contra Jack, ¿verdad? –balbució–. Quiero decir… no fue culpa suya. Todo el mundo sabe que no fue culpa suya.

Callie se estremeció. Otra demanda en el historial de Jack sería pertinente para la investigación, y ocultársela a Meg constituiría una violación del contrato.

–Puedes contármelo, Frankie. Lo habría descubierto de todos modos. ¿Fue algo sin importancia?

–No… pero por favor, no creas que fue culpa de Jack. Él era uno de los tres cirujanos que atendieron a la mujer después del accidente de coche. Mientras Jack le operaba la pierna, un cirujano plástico le recompo nía el rostro. El cirujano jefe supervisaba toda la operación. Por desgracia, el anestesista desconectó accidentalmente el tubo respiratorio… La mujer no recuperó la conciencia –murmuró, desviando la mirada hacia la ventana.

–¿Murió?

Frankie asintió.

–Su marido demandó al hospital y a los tres médicos que la habían operado. Al final se decidió resolver el caso fuera de los tribunales. Jack quedó destrozado por la muerte de su paciente. Pensaba que tendría que haberse dado cuenta de que algo iba mal. Era su primer año en prácticas…

A Callie le dolió pensar cuánto debía haberle afectado aquella muerte. Y aún le dolió más pensar en cómo se sentiría si aquel caso salía a la luz en un juicio… gracias a ella.

–Mira, Cal. Sé que tu trabajo es investigar a Jack, pero a veces los asuntos personales están por encima de las decisiones profesionales –dijo Frankie, y levantó una mano cuando Callie abrió la boca para discutir–. Tal vez esta no sea una de esas veces… O tal vez sí. Piensa en ello, ¿de acuerdo?

Callie asintió, incapaz de hablar. Frankie salió del coche y cerró la puerta. Pero después de dar unos pasos se dio la vuelta y se inclinó sobre la ventanilla abierta de Callie.

–Y por favor, no le cuentes a nadie el caso de Sharon Landers. Ocurrió cuando Jack estaba trabajando en Miami, y muy poca gente de aquí lo sabe.

Sonrió tristemente y se marchó. Aturdida, Callie se dispuso a subir la ventanilla, pero entonces vio una figura alta que se separaba de una palmera y se acercaba al coche. Los faros delanteros iluminaron el rostro pálido y aristocrático de Grant Tierney.

Se apoyó en el techo del vehículo y le sonrió a Callie.

–Solo quería felicitarte. Estás haciendo un trabajo excelente.

Jack se paseaba por la cubierta del velero mientras observaba el puerto esperando a Callie.

¿Iría a reunirse con él? La ansiedad se le arremolinaba en el pecho. Callie se había marchado muy disgustada de la pista de baile.

Apretó los dientes con frustrado. Tendría que haber permitido que Tierney bailara con ella. Pero no soportaba la idea de ver a Callie en sus brazos. Había visto a demasiadas mujeres sucumbir al incomprensible encanto de Tierney, y el impulso de protegerla había sido más fuerte que su sentido común. Pero no solo había sido un instinto protector... La quería para él solo.

Se dejó caer en una silla y cerró los ojos. ¿Cuándo había llegado a la conclusión de que Callie le pertenecía? ¿Cuándo se había dado cuenta de que deseaba mucho más que sexo?

No sabía cuándo ni por qué, pero sí sabía una cosa: se había enamorado de ella. Callie solo llevaba tres días en casa y él sabía que nunca había dejado de necesitarla.

¿Sería posible que un sentimiento tan fuerte no fuera mutuo? No podía imaginárselo. Había sentido la pasión en sus besos, en sus miradas, en sus caricias. Tal vez lo único que Callie necesitaba era tiempo para asimilar lo que aquella emoción significaba.

El ruido de unas pisadas en el muelle le hizo levantarse de un salto.

Una figura femenina se detuvo junto al velero y lo miró en silencio. Era Frankie.

—Lo siento, Jack. Callie ha vuelto al hotel. Dice que no puede venir y que si te importa algo... —puso una mueca y acabó la frase a regañadientes—, no vuelvas a contactar con ella.

El dolor más horrible que se pudiera sentir impidió responder a Jack. ¿Que si le importaba algo? ¿Acaso Callie lo dudaba?

—Parece que está pensando en marcharse de Point —siguió Frankie—. De vuelta a su vida, dice ella. Jack, no quiero parecer grosera, pero te has comportado como un imbécil en la pista de baile.

Jack sintió que la piel le ardía, pero más por dolor que por vergüenza. Su intención no había sido obligar a Callie a declarar públicamente su lealtad. Pero era eso lo que había hecho.

—Deberías estar agradecido de que sea Callie quien investigue el caso de Tierney —dijo Frankie—. Solo buscará la verdad, y la verdad solo puede ser beneficiosa para ti. Además, seguro que cree que eres inocente.

Jack apretó la mandíbula y miró el cielo estrellado. No le importaba que Callie creyera o no en su inocencia. Lo único que quería era tenerla a su lado, fuera cual fuera el veredicto del jurado.

Quería que estuviera enamorada de él. Nunca se había enfrentado a esa clase de dolor ni presión emocional, pero sabía cómo recuperar el control de sí mismo. Solo necesitaba pasar tiempo a solas rodeado por la inmensidad del mar. Consiguió esbozar una sonrisa y mandó a Frankie de vuelta a la fiesta con la promesa de no provocar más escenas. Después, guio el barco por el canal y salió a las turbulentas aguas del golfo.

Pero en aquella ocasión no encontró ninguna emoción al luchar contra el oleaje. El viento solo conseguía enfriarle la piel. Y mar abierto solo conseguía acentuar su soledad y la amarga sensación de pérdida.

–¿Que te retiras del caso? ¿Te has vuelto loca?

Callie puso una mueca al oír el grito de Meg. Se había pasado toda la noche preparándose para la reacción de su hermana.

–Lo siento, Meg, pero no voy a cambiar de opinión. Nunca debí aceptar este caso.

–¿Se te ha olvidado cuánto trabajo nos pueden proporcionar Grant y Agnes Tierney? Podría acabar siendo socia de su empresa, y me aseguraría de que todas nuestras investigaciones se te encargaran a ti. Vale la pena acabar esta, ¿no?

–He perdido mi… imparcialidad.

–¿Tu qué?

Callie se esforzó por encontrar la voz. El sol de la mañana no había sofocado su torbellino emocional. Quería volver a ver a Jack. Lo necesitaba más que nunca. Y rezaba porque Grant Tierney no hubiera oído hablar a Frankie del caso de Sharon Landers.

–Callie, esto no será por Jack Forrester, ¿verdad?

–Sí –susurró ella.

–¿Lo has visto? ¿Has hablado con él?

–Sí. No creo que sea culpable de negligencia, y no quiero contribuir a destruir su reputación.

–¡No puedo creerlo! Has permitido que te encandile con esa sonrisa suya, y ahora…

—No quiero discutir esto, Meg. Estoy fuera del caso.

—Te das cuenta de cómo van a tomarse esto los socios, ¿verdad? Cuando les diga que tenemos que contratar a otro investigador, pensarán que no eres digna de confianza y no volverán a encargarte ningún caso importante. E incluso podrían demandarte por romper el contrato. Tendrás suerte si alguien vuelve a ofrecerte trabajo. Callie... no te habrás enamorado de él, ¿verdad? —le preguntó. Al no recibir respuesta soltó un suspiro—. Espero que no te estés buscando problemas. Te mereces encontrar a un buen hombre, pero no creo que Jack Forrester sea el adecuado.

—No te preocupes por mí, Meg —dijo Callie con toda la firmeza que pudo—. Ya casi lo he superado. Hoy me voy a casa, y seguramente no vuelva a verlo nunca.

Solo de pensarlo sintió una punzada de dolor. ¿Cómo había podido enamorarse tan desesperadamente de él?

—Está bien, hermanita —aceptó Meg—. Estás oficialmente fuera del caso. Pero, ¿te importaría pasarte por casa de los Tierney y aclarar las cosas por mí? Agnes se llevará una gran decepción. Me llamó para decirme lo mucho que le gustabas. Y a Grant no le hará ninguna gracia. Diles que ha surgido una emergencia.

—No les mentiré, Meg. Pero les pediré disculpas y les aseguraré que encontrarás a alguien mejor.

—Gracias. Y, Callie, si me necesitas llámame, ¿de acuerdo? Puedo estar ahí en un santiamén.

Callie se despidió y, tras llamar a Agnes y concertar una visita, hizo el equipaje y llevó las maletas al coche. Pero entonces se encontró que la puerta del Mercedes estaba abierta, y cuando miró en el salpicadero, vio que su maletín había desaparecido.

Capítulo Diez

Callie denunció el robo en la oficina del sheriff, pero no tenía esperanzas de recuperar el maletín. El ladrón había dejado otros objetos valiosos, como el teléfono móvil. Quienquiera que fuese solo quería el contenido del maletín. Por otro lado, estaba contenta de haber dejado el caso y de poder marcharse.

Agnes la recibió con una sonrisa, vestida con una túnica verde azulada.

–Ayer no tuve oportunidad de darte la buena noticia… ¡Bob y yo vamos a casarnos!

–Oh, Agnes, es maravilloso –exclamó Callie, abrazándola, feliz de que hubiera otro hombre en su vida aparte de Grant.

–Estás preciosa, querida. Deberías ponerte vaqueros más a menudo.

Callie tuvo que sonreír. Se había pasado toda su infancia con vaqueros.

–Presiento que estás abatida –observó Agnes–. Se trata de un hombre, ¿verdad?

–¡No! –respondió, forzando una carcajada–. No se trata de ningún hombre. Pero tengo algunas noticias que tal vez no te gusten.

–No te marcharás de Point, ¿verdad?

–La verdad es que sí.

–¡Pero apenas has tenido tiempo para conocer a Grant! Llegó muy tarde al picnic, y…

–Grant está aquí, ¿verdad?

–Sí, se reunirá con nosotras en el solárium. Pero primero ven conmigo –la tomó del brazo y la llevó a un dormitorio decorado con tapices y cortinas de seda–. Cuando tienes problemas con los hombres, necesitas la fragancia adecuada –dijo, y seleccionó un frasco verde esmeralda de la cómoda–. Este almizcle hizo maravillas con Bob. Potencia las feromonas de una mujer y hace que un hombre no pueda resistirse.

Descorchó el frasco y un olor rancio a hierbas impregnó la habitación. Agnes frunció el ceño.

–Es extraño. ¡Solo lo usé una vez y ya no queda nada!

Callie le agradeció sus buenas intenciones, ocultando el alivio por no tener que usarlo. El olor era demasiado empalagoso para su gusto. Además, no tenía el menor deseo de acentuar sus feromonas.

Agnes, sin embargo, estaba decidida a hacer un último esfuerzo para emparejarla con Grant. La sacó al solárium, con espléndidas vistas al mar, y le indicó una mesa preparada para dos con porcelana dorada, copas de cristal y una botella de vino.

–Vino de diente de león –dijo Agnes–. Lo hago yo misma, y lo reservo para ocasiones especiales.

–Agnes, ¿por qué solo hay dos cubiertos?

–Yo he almorzado. Tengo que llamar a mis amigas para contarles lo de mi compromiso. No podré acompañaros a ti y a Grant.

–La encantadora Callie Marshall. Buenos días –la saludó Grant saliendo al solárium. Le apartó una silla y ella se sentó con renuencia–. Espero que hayas descansado después del baile de anoche.

Callie se ruborizó.

–Oh, ¿bailasteis los dos juntos? –preguntó Agnes con expresión esperanzada.

–No. Pero espero que lo hagamos algún día –dijo Grant, sentándose frente a Callie y clavándole una mirada tan intensa que Callie sintió náuseas.

–Quiero decirles a los dos que me retiro de la investigación.

–¿Que te retiras? –exclamó Agnes–. Pero, ¿por qué?

–Me temo que mi relación personal con varios miembros de la comunidad dificulta seriamente mi trabajo. Crecí en Point. Creo que cualquier otro investigador lo hará mejor que yo.

–Madre –dijo Grant con voz suave–, ¿no tenías que hacer unas llamadas?

Agnes murmuró una respuesta y se marchó. Grant le sonrió a Callie y descorchó la botella de vino para llenarle la copa.

–Te ha conquistado, ¿eh?

–¿Cómo?

–Forrester sabe cómo ganarse a las mujeres.

Callie ignoró el vino que le había servido y se concentró en ocultar el resentimiento.

–Es curioso. Él dijo lo mismo de ti.

–No me extraña. Nunca me perdonó que me casara con su hermana. Hizo todo lo que pudo por romper nuestro matrimonio, y al final lo consiguió.

Callie no había oído esa versión de la historia. Grant le ofreció un plato de sándwiches de pollo y, después de que ella hubiera tomado uno, él se sirvió unos cuantos.

–Después de aquello, Forrester se propuso inmiscuirse en todas mis relaciones. Me robó a mi novia. ¿Te ha contado eso? No la quería para él, desde luego.

141

Perdió el interés por ella en cuanto yo lo perdí –se encogió de hombros–. Está obsesionado con hacerme la vida imposible, y no le importa a quién tenga que usar para conseguirlo –se sirvió unos trozos de melón en el plato–. Eso te incluye a ti.

Aunque Callie había sospechado que era la obsesión de Jack por perjudicar a Grant lo que lo había impulsado a seducirla, no le gustaba oírselo decir a Grant.

–No tiene la menor importancia. Me retiro del caso y me marcho hoy de Point.

–Preferiría que no te retiraras del caso.

–Meg contratará a otro investigador que lo hará mucho mejor que yo.

–¿Tienes pensado informar a Meg de tus descubrimientos?

–Lo siento. Eso es imposible. Anoche alguien me robó el maletín del coche. Contenía toda la información recopilada… Aunque de todos modos no había encontrado nada útil.

–Sabes quién está detrás del robo, ¿verdad? –dijo él, mirándola con ojos entornados.

Callie sabía a quién se refería, por supuesto.

–Si estás intentando culpar al doctor Forrester, necesitarás pruebas si no quieres que te acusen de difamación.

–Sabes muy bien que fue él quien robó el maletín, o alguien a quien le encargó que lo hiciera.

–Alguien pudo haberlo robado para intentar ayudarlo, pero estoy segura de que el doctor Forrester no tuvo nada que ver.

Grant soltó una áspera carcajada.

–Te ha afectado más de lo que pensaba –dijo, recostándose en la silla–. ¿Sabes? Tengo muchos contactos en el mundo de los negocios. Podría ayudarte en tu carrera… y a tu hermana. Y también podría destruiros a las dos –añadió, con una mirada tan fría que Callie se estremeció.

–Eso no será una amenaza, ¿verdad?

–Claro que no. Es un hecho –afirmó él, inclinándose hacia delante para tenderle otra bandeja–. ¿Una magdalena de zarzamora? –le ofreció, y justo en ese momento sonó el timbre de la puerta–. ¿Puedes abrir, madre? Y trae aquí a nuestro invitado, por favor.

–¿Invitado? –repitió Callie, sacudida por un terrible presagio.

Grant partió una magdalena por la mitad y la untó de mantequilla.

–Creo que podemos solucionar este asunto de la demanda ahora mismo.

Callie oyó el entusiasta saludo de Agnes, seguido por una voz profunda y masculina. Era Jack.

–Es sorprendente lo rápido que ha aceptado mi invitación –comentó Grant–. Solo tuve que decirle que estabas tú aquí –levantó su copa en un brindis–. Eres un elemento muy valioso.

Asqueada, Callie se dio cuenta de que otra vez iba a ser usada como un peón de ajedrez.

–¿Qué piensas hacer? –le preguntó a Grant.

–Ofrecerle un trato. Si no lo acepta, usaré el caso Sharon Landers para convencer al jurado.

Callie se quedó horrorizada. Grant había oído a Frankie. Y ahora Jack pagaría el precio.

Agnes llevó al invitado al solárium y volvió a marcharse. Jack llevaba la misma ropa que la noche anterior y no se había afeitado, como si hubiera pasado toda la noche levantado. Su mirada se posó inmediatamente en Callie, como si quisiera asegurarse de que estaba bien.

A Callie se le aceleró el corazón al verlo. Quería arrojarse en sus brazos, aliviarle con besos la tensión de su rostro y declarar que estaba de su parte.

–Buenos días, Forrester –lo saludó fríamente Grant–. Por favor, toma asiento.

Jack permaneció de pie. El odio entre los dos hombres casi se podía palpar en el aire.

–¿Qué demonios quieres, Tierney?

–Quiero ofrecerte un trato. Estoy dispuesto a retirar la demanda y olvidarme del asunto… si aceptas mis condiciones. Por escrito. Aquí y ahora.

En vez de mandarlo al infierno, Jack se volvió hacia Callie.

–Quiero hablar contigo, Callie. En privado.

A Callie se le aceleró aún más el pulso. No podía hablar con él en privado. Si lo hacía estaría perdida. Le diría que lo amaba y que se quedaría siempre con él para luchar por su honor. Tenía que marcharse.

–No, lo siento, Jack –dijo. Dejó la servilleta junto al plato y miró a Grant–. Tengo que irme. Hay un largo camino hasta Tallahassee.

Se levantó y evitó la mirada de Jack mientras pasaba a su lado, pero él le rodeó la cintura con un brazo, deteniéndola. Ella lo miró llena de pánico, dispuesta a echar a correr.

–No sé de qué condiciones está hablando –dijo él en voz baja–, ni por qué crees que las aceptaré. Pero voy a dejarlo todo en tus manos, Callie –declaró, mirándola con una sinceridad sobrecogedora–. Dime qué quieres que haga con esta maldita demanda y lo haré. Por escrito. Aquí y ahora.

Callie lo miró, atónita. ¡No podía hablar en serio! Y sin embargo ella lo creía. Jack estaba dispuesto a hacer las paces con su peor enemigo y a aceptar cualquier condición.

—¿Por qué?

—Porque nada es tan importante para mí como tú —le susurró—. Nada.

El amor que Callie había intentando extinguir le estalló en el pecho, expandiéndose por su interior.

—Estoy dispuesto a rebajar la cantidad a doscientos mil dólares —la odiosa voz de Grant pareció surgir de un mundo lejano—. Tu seguro la pagará sin problemas. Luego, como una cuestión personal entre nosotros, me entregarás la propiedad de la playa. Y pedirás disculpas públicamente.

El rostro de Jack se contrajo, pero su mirada permaneció fija en Callie.

—Oh, Jack, hay algo que debes saber —murmuró Callie. No quería que Jack se rebajara a aceptar ningún trato, pero tampoco quería que el caso de Sharon Landers saliera a la luz.

—Lo que mi mano derecha intenta decirte, Forrester —intervino Grant—, es que estamos dispuestos a usar nuestra munición. Callie me ha facilitado un montón de notas, grabaciones y fotos que le resultarán muy interesantes a un jurado.

—¡Mi maletín! —exclamó Callie con voz ahogada—. Tú me lo robaste.

—Mi prueba favorita es su informe sobre el caso de Sharon Landers —siguió Grant—. ¿Recuerdas a la joven madre a la que mataste en el quirófano?

Jack se puso rígido, como si lo hubieran azotado con un látigo, y miró desconcertado a Callie.

–Está mintiendo –susurró ella. ¿Cómo podía pensar Jack que lo traicionaría de esa manera?

Aunque por otro lado, ¿por qué no iba a pensarlo? Ella le había advertido que pensaba reunir toda la información que pudiera para destruirlo. Y no le había dicho que se había retirado de la investigación ni que sus sentimientos habían cambiado.

Grant se echó a reír y se recostó en la silla.

–Callie Marshall vale su peso en oro. He disfrutado mucho con sus servicios –dijo, tomando un sorbo de vino–. Pensaré en ella la próxima vez que quiera destruir a alguien.

Jack se lanzó hacia él por encima de la mesa, tirando los platos al suelo. Grant soltó la copa de vino cuando se echó hacia atrás para escapar de la mano que iba derecha a su garganta, pero Jack lo agarró por la camisa y tiró de él.

–¡No, Jack! –gritó Callie, sujetándole el brazo con el que se disponía a golpear–. ¡Conseguirás que te detengan!

–¿Qué demonios está pasando aquí? –espetó una voz severa que dejó a todos de piedra.

El sheriff Gallagher estaba en la puerta del solárium, con el ceño fruncido y su placa reluciendo a la luz del sol. Agnes estaba tras él con los ojos muy abiertos.

–¡Oh, Dios mío! ¡Oh, Dios mío!

Jack soltó a Grant y bajó el puño. Callie le soltó el brazo y Grant se puso en pie y se sacudió las migas y los trozos de melón de la camisa.

–¿Por qué ha tardado tanto, sheriff? Se lo dije. Me ha atacado en mi propia casa.

–Debería haber una ley que prohibiera provocar a

146

alguien como tú has provocado al doctor Forrester –dijo el sheriff, mirando furioso a Grant–. Pero no la hay –desvió la mirada hacia Jack–. Y tú deberías tener el suficiente sentido común para no responder a una provocación.

–No lo ha golpeado –declaró Callie–. Solo lo ha agarrado de la camisa. Nada más. He sido testigo.

El sheriff la miró con el ceño fruncido.

–Tierney me dijo que usted sospechaba que el doctor le había robado el maletín. ¿Tiene alguna prueba?

–¡Yo jamás he sospechado de él! –exclamó ella, y fulminó a Grant con la mirada–. Tú debes de haber llamado al sheriff antes incluso de que yo te dijera que me habían robado el maletín.

–Registre el coche de Forrester, sheriff –exigió Grant–. Seguro que encuentra el maletín.

–No puedo registrar su coche sin una causa justificada.

–Espere un momento –dijo Jack–. Yo he estado toda la noche navegando. Grant dispuso de mucho tiempo para dejar algo en mi coche…

–Ya se está inventando excusas –gruñó Grant–. Sheriff, ese maletín contiene material relevante para mi acusación. Si no registra su coche, lo denunciaré a usted a sus superiores.

–¡Denunciarme a mí! ¿Por qué?

Jack masculló una maldición y pasó junto a Callie y al sheriff de camino a la puerta.

–Voy a registrar mi coche, y si encuentro algo que no debería estar ahí, Tierney, lo lamentarás.

–¿Ha oído esa amenaza, sheriff? –espetó Grant–. Vamos, madre. Puede que necesite a una testigo honesta.

El sheriff gruñó y todos se dirigieron al reluciente

deportivo negro de Jack, quien no tardó ni dos minutos en encontrar el maletín detrás de los asientos.

–¡Ajá! –exclamó Grant–. Sabía que lo habías robado. Sheriff, he visto algo sospechoso detrás de los asientos.

Jack le arrojó el maletín a Callie sin mirarlo siquiera. Estaba vacío. Sin duda Tierney había sacado el contenido antes de dejarlo en el coche.

Entonces Jack sacó otro objeto de detrás de los asientos. Una bolsa de plástico que contenía un pequeño frasco de un líquido rojizo.

–¿Qué demonios es esto, Tierney?

–Buena pregunta –dijo Grant, muy satisfecho–. Sheriff, será mejor que le eche un vistazo a la sustancia que el doctor Forrester tenía en su coche. Estoy seguro de que se trata de alguna clase de alucinógeno, como el que le inyectó a mi madre.

Al oír la insinuación, Jack torció el gesto y avanzó amenazadoramente hacia Grant, pero el sheriff le puso una mano en el brazo.

–No tengo derecho a confiscar nada del doctor a menos que tenga alguna razón para creer que es una sustancia ilegal, lo cual no es el caso.

–Mi abogado le entregará una orden judicial, sheriff. El jurado necesitará saber que llevaba alucinógenos en el coche.

Jack le tendió la bolsa al sheriff.

–Me gustaría que analizaran esta sustancia, y si es algún alucinógeno, quiero que detengan a Tierney por haberlo dejado en mi coche.

–Sois los dos una espina en el trasero –murmuró el sheriff. Sacó el frasco de la bolsa y lo abrió. Un olor rancio se elevó en el aire.

148

–¡Reconozco ese olor! –declaró Callie–. ¿Tú no, Agnes?

–No, no lo reconoce –espetó Grant–. Y será mejor que me ocupe yo mismo de analizar esta sustancia –añadió, y le arrebató el frasco al sheriff.

–¡Ni hablar! –dijo él, alargando el brazo para recuperarlo.

Grant intentó ponerlo fuera de su alcance y el líquido se derramó sobre su rostro. Cerró los ojos con un chillido y dejó caer el frasco para frotarse con las mangas.

El frasco cayó a la hierba y el sheriff se agachó para recogerlo, pero Jack lo detuvo.

–Use esto –le dijo, tendiéndole la bolsa de plástico–. No deje que el líquido entre en contacto con su piel. ¿Quién demonios sabe lo que es esto?

–Reconozco el olor –afirmó Agnes–. Huele igual que mi potenciador de feromonas.

–No digas una palabra más, madre –le gritó Grant, parpadeando frenéticamente. Tenía el rostro lleno de manchas rojas.

–Agnes, ¿usaste este potenciador el Cuatro de Julio? –le preguntó Callie.

–Señorita Marshall, si dices una palabra más, te demandaré igual que a Forrester –amenazó Grant. Su voz sonaba extrañamente ronca–. Y también demandaré a Meg y a sus socios.

–Sí, lo usé el Cuatro de Julio –respondió Agnes mientras el sheriff se alejaba hacia su coche con la bolsa de plástico–. Pero solo un poco. Quería que Bob se fijara en mí. Y funcionó. ¿Recuerdas, Grant? Intenté que tú también usaras un poco. Funciona tanto con los hombres como con las mujeres. Me lo preparó una buena amiga de la India a base de hierbas y setas. Pero, ¿cómo ha llegado al coche de Jack?

—Mi cara —se quejó Grant. Se había puesto pálido, por lo que las manchas resaltaban aún más.

—¡Oh, Dios mío! —exclamó Agnes, mirándolo con preocupación—. Parece que está teniendo una reacción alérgica… —entonces pareció darse cuenta de algo y puso una mueca—. ¿Es posible que mi potenciador me provocara la reacción alérgica en el picnic?

—Es muy posible —corroboró Jack—. Y si está hecho de hierbas y setas, es probable que también provocara las alucinaciones.

Grant empezó a resollar y se llevó una mano al pecho.

—¿Se te ha cerrado la garganta? —le preguntó Jack con brusquedad, acercándose a él.

—¡Aléjate de mí! —jadeó Grant, retrocediendo—. Madre… llama a una… ambulancia.

Agnes miró confusa a Jack, quien asintió. Soltó un pequeño grito y entró corriendo en la casa. Grant se llevó una mano a la garganta y empezó a sudar. El sheriff hizo una llamada por su radio.

Jack masculló una maldición y se dirigió a su coche. Callie se acercó a Grant mientras este se apoyaba contra su propio coche y luchaba por respirar. Los ojos se le habían hinchado horriblemente.

—Jack —gritó ella.

Jack volvió del coche con su botiquín de emergencia y preparó rápidamente una jeringa.

—Tiene un shock anafiláctico.

Grant se derrumbó.

—¡Ha dejado de respirar! —gritó el sheriff, corriendo a ayudar.

Lo tumbaron en el camino de cemento y Callie se arrodilló junto a él para hacerle el boca a boca. Mientras, Jack le inyectó la jeringa en el brazo.

–Puede que esto no actúe lo bastante deprisa. Dejadme comprobar si el aire le llega a los pulmones –apartó a Callie y le puso a Grant un estetoscopio en el pecho y la garganta–. Sheriff, ¿tiene un bolígrafo?

El sheriff sacó uno del bolsillo y se lo dio a Jack, que lo rompió para quedarse con el tubo vacío.

–Callie, búscame el algodón –dijo con voz tranquila y autoritaria, sacando un cuchillo del botiquín–. Tierney, si puedes oírme, tengo que hacerte una traqueotomía o de lo contrario te asfixiarás.

Horrorizada, Callie se dio cuenta de que Jack se disponía a abrirle la garganta a Grant.

–No mires, Callie –le recomendó él. Tomó el algodón de sus temblorosos dedos y frotó la piel en la base del cuello de Grant, antes de realizar una incisión corta y vertical.

Cuando la sangre empezó a brotar, Callie miró a Jack a los ojos, pero no por la visión de la sangre, sino por el sobrecogimiento casi espiritual que la invadía. Siempre había amado a Jack, pero nunca lo había visto trabajar por salvar una vida… aunque fuera la vida de su peor enemigo. Y lo hacía por su bondad innata. Haría lo que fuera por impedir la muerte o el sufrimiento de un ser humano.

¿Cómo no amarlo? ¿Cómo no desear que fuera una parte vital de su vida?

Cuando llegó la ambulancia, Jack levantó la vista y pareció sorprenderse de que ella lo estuviera mirando… O tal vez de la intensidad de su mirada. Pero enseguida desvió la atención hacia los médicos. Callie se dio cuenta entonces de que el pecho de Grant se movía rítmicamente y de que había abierto los ojos.

Jack le había salvado la vida.

El equipo de emergencia se llevó a Grant, que había empezado a farfullar sobre serpientes y dragones morados, y Agnes abrazó fuerte a Jack.

–Has salvado a mi hijo, igual que me salvaste a mí. Nunca podré agradecértelo lo suficiente. Voy a retirar la demanda, y me da igual lo que diga Grant. Voy a casarme con Bob, ya no tengo que vivir con él.

–Discúlpeme, señora Agnes, ¿le importaría darme el resto de su… poción? –le pidió el sheriff.

–Le daré el frasco, pero no queda nada. Alguien debió de vaciarlo –bajó la voz a un susurro–. Creo que fue Grant. No quería que saliera con Bob. Pero ya no necesito usar más el potenciador.

Agnes y el sheriff entraron en la casa y Callie y Jack observaron cómo se alejaba la ambulancia.

–Siempre he querido rajarle el cuello –murmuró él–. Pero no había imaginado que fuera así.

Callie sonrió.

–¿Crees que intentará causarte más problemas?

–Lo dudo. Tendrá otras muchas cosas de las que preocuparse. Después de lo de Becky contraté a un detective para que lo investigara, y averiguamos unas cuantas cosas muy interesantes. Parece que está implicado en algunas tramas inmobiliarias como para pasar en prisión una larga temporada.

Un incómodo silencio cayó entre ellos, y la mirada de Jack volvía a estar ensombrecida por una expresión de inquietud.

–¿Podemos ir a algún sitio tranquilo para hablar? –le preguntó ella.

Él indicó un camino que discurría entre la propiedad de los Tierney y la suya. Callie sabía que conducía a un embarcadero en la playa. Caminaron en silencio entre los cedros, robles y palmeras, y pronto la fría espesura del bosque dio paso a la calurosa luz de la costa. Siguieron avanzando hasta el final del muelle, entre las olas que rompían contra los pilares de madera.

Callie levantó el rostro y aspiró la brisa marina antes de volverse hacia Jack. Su pelo rubio y alborotado relucía y se agitaba al viento, pero su mirada seguía siendo oscura y sombría.

¿Cuántas veces habían pescado juntos en aquel mismo embarcadero, o cuántas veces se habían arrojado mutuamente al agua desde allí? Demasiadas, y nunca el silencio había sido tan incómodo.

–Jack, siento haberme ocupado de esta investigación –dijo ella finalmente, apoyándose contra la barandilla–. Esta mañana llamé a Meg y me retiré del caso.

–¿Entonces tu almuerzo con Tierney era puramente social? –preguntó él, mirándola.

–¡No! Le prometí a Meg que me pasaría por su casa para explicarle por qué abandonaba el caso.

–¿Y por qué lo has hecho?

A Callie se le formó un nudo en la garganta.

–He perdido mi… imparcialidad.

Jack hizo un gesto con la boca y miró hacia el mar.

–Créeme, por favor. ¡No le di nada a Tierney! Y mucho menos un informe sobre Sharon Landers.

–¿Pensabas que había creído a Tierney cuando lo dijo? –preguntó, mirándola con el ceño fruncido.

–¿No lo creíste?

–No. Llámame ingenuo o egoísta, pero no podía creer que quisieras hacerme daño conscientemente.

La emoción que le atenazaba la garganta a Callie creció con renovada intensidad.

—Pero cuando Tierney mencionó ese informe vi tu expresión de duda.

—No podía negar la verdad. Sharon Landers era mi paciente, Callie. Era madre. Y murió en mi mesa de operaciones. No estaba seguro de que tú lo supieras, y no sabía cómo te sentirías al enterarte.

—Oh, Jack, el fallo no fue tuyo, pero aunque lo hubiera sido, no cambiaría nada lo que siento por ti.

Él la miró en silencio durante unos momentos y soltó una profunda espiración.

—Nunca había estado más inseguro de lo que una persona sentía por mí, Callie. Me mandaste un mensaje diciendo que no volviera a contactar contigo, y pensabas marcharte sin despedirte. Pero mientras le practicaba la traqueotomía a Tierney, me estuviste mirando como si fuera una especie de héroe. Y ahora me estás mirando con el brillo que siempre he deseado ver en tus ojos.

Aquel brillo se avivó como un fuego llameante, y una angustia insoportable se apoderó de Jack.

—Maldita sea, Callie, no importa lo mucho que desee que te quedes. Tienes que entender que no soy ningún héroe. Hice lo mismo que hubiera hecho cualquier médico. Tierney no murió, pero Sharon Landers sí, y no puedo garantizar que mi próximo paciente no muera. No sé qué es peor… que me desprecies por ser un negligente o que me reverencies como a una especie de divinidad médica.

—No creo que seas ni lo uno ni lo otro –respondió ella con voz dolida–. Y siento haberte confundido. Yo misma he estado confundida.

Jack lo sabía. Y también sabía que Callie lo había tomado por alguien que no era. Buscó en su cabeza y en su corazón algún modo de explicar su miedo. El miedo de que algún día Callie dejara de verlo como a un héroe y lo abandonase para siempre.

–Jack –susurró ella, tomándole el rostro entre las manos con infinita ternura–. Soy yo. Callie.

Y antes de que él pudiera ocultar su necesidad o sofocar sus emociones, hizo lo que solo Callie podía hacer. Lo miró fijamente con sus brillantes ojos verdes y llegó hasta el fondo de su alma, uniéndose a él de un modo tan profundo y permanente que todos los miedos y las dudas se desvanecieron al instante. Podía ser todo lo que ella necesitara. Y lo sería. Por siempre.

–Te quiero, Cal.

–Yo también te quiero, Jack –respondió ella, y lo besó lenta y dulcemente.

Él la apretó contra su cuerpo y la besó con todo su ser.

–Quiero casarme contigo, Callie –le susurró al oído.

–¿De verdad? –preguntó ella, apartándose y mirándolo con una acalorada sonrisa.

–Sí.

Un brillo de malicia ardió en los ojos de Callie, poniendo a Jack en guardia.

–Te propongo una cosa –dijo ella–. Juguemos al juego que mencionaste la otra noche. Creo que se llamaba… «Por favor, Jack, hazme el amor».

El cuerpo de Jack reaccionó inmediatamente a la sugerencia, y volvió a besarla apasionadamente.

–Te he pedido que te cases conmigo –le susurró cuando se detuvo a tomar aire–. ¿Lo has oído?

–Claro que sí –respondió, pasándole los dedos por el pelo–. Si ganas, tendré que casarme contigo.

–¿Y si ganas tú?

–Entonces tendrás que casarte tú conmigo.

Por un momento Jack se quedó absolutamente embelesado. Justo cuando creía que no podía amarla más, ella le había demostrado que se equivocaba.

–Como es mi juego, yo estableceré las reglas –le advirtió él.

–Me parece justo.

Tardaron un buen rato y unos cuantos besos en llegar a casa y comenzar oficialmente el juego.

La primera ronda acabó en empate. Y también la segunda.

La tercera tuvo un claro ganador, pero se presentó una queja formal…

Deseo

EL REGRESO DE ALEX

CHARLENE SANDS

Tras recuperarse de la amnesia, Alex del Toro tenía una nueva misión: descubrir a su secuestrador y recuperar el amor de su prometida. A pesar de haber ido a Royal, Texas, con una identidad falsa, sus sentimientos por Cara Windsor, la hija de su rival, eran completamente sinceros.

El instinto aconsejaba a Cara que se mantuviese alejada del hombre que le había mentido y que había intentado hacerse con la empresa de su familia, pero ella también tenía un secreto: estaba embarazada de él.

El amor era imposible de olvidar

¡YA EN TU PUNTO DE VENTA!

Bianca.

No podía resistirse al atractivo de su inocencia…

Nick Coleman era uno de los millonarios más codiciados de Sídney, pero su lema era amarlas y luego abandonarlas. Con Sarah todo era diferente porque había prometido cuidar de ella y protegerla. Sin embargo, la deseaba con todas sus fuerzas…

Sarah pronto recibiría una importante herencia y entonces se convertiría en el blanco de todo tipo de hombres que tratarían de seducir a una joven rica e inocente. Quizá Nick debiera enseñarle lo peligroso y seductor que podía ser un hombre…

Enamorada de su tutor

Miranda Lee

APOSTAR POR LA SEDUCCIÓN

JENNIFER LEWIS

Constance Allen era seria, formal e inocente. La intachable auditora tenía como objetivo asegurarse de que las finanzas del casino New Dawn estuvieran fuera de toda sospecha y, de paso, conseguir un ascenso... hasta que John Fairweather, el millonario propietario del casino, la sedujo con su encanto irresistible. Aquel conflicto de intereses hacía peligrar su trabajo, pero Constance era incapaz de controlarse.

John no esperaba que su pequeño coqueteo con la auditora se volviera súbitamente tan serio. Sin embargo, la investigación sacó a la luz a un culpable inesperado, amenazando aquel romance.

¿Ganaría aquella apuesta?

¡YA EN TU PUNTO DE VENTA!